목사님의 택배일기

목사님의 택배일기

초판 1쇄 발행 2024년 7월 26일

지은이 구교형
펴낸이 강수걸
편집 강나래 오해은 이선화 이소영 이혜정 김효진
디자인 권문경 조은비
펴낸곳 산지니
등록 2005년 2월 7일 제333-3370000251002005000001호
주소 부산시 해운대구 수영강변대로 140 BCC 626호
전화 051-504-7070 | 팩스 051-507-7543
홈페이지 www.sanzinibook.com
전자우편 sanzini@sanzinibook.com
블로그 sanzinibook.tistory.com

ISBN 979-11-6861-354-6 03810

* 책값은 뒤표지에 있습니다.
* 잘못된 책은 구입하신 곳에서 교환해드립니다.

목사님의 택배일기

구교형 지음

산지니

프롤로그

현역 목사, 나이 50에 왕초보 택배 기사가 됐습니다

지금은 가히 '택배 만능 시대'라고 할 만하다. 우리가 이용하는 거의 모든 물품이 택배로 배송될 뿐 아니라, 1인 가구가 늘어나면서 가구를 제외한 이삿짐까지 택배로 보내는 경우도 있다. 어느덧 택배 일은 우리 일상에서 가깝게 만날 수 있는 대표적인 업종이 되었다. 택배 기사는 가장 일상적이면서도, 우리 사회가 돌아가는 실상(민낯)을 이해할 수 있는 대표적인 직업인이라 할 수 있다.

최근 들어 국가와 조직에 가려져 있던 개인의 삶과 행복이 존중받는 문화가 확산되고 있다. 그러나 그런 문화의 확산이 어색하게 여겨질 만큼 당연한 권리를 여전히 존중받지 못하는 사람도 많다. 그것은 단지

사회 시스템과 구조의 문제만은 아닐 것이다. 서로에 대한 인식과 배려 부족 또한 큰 원인 중 하나다. 코로나 시대를 거치면서 '아프면 쉬세요!'라는 말이 일상화된 지금이지만, 그런 '사치'를 꿈꿀 수 없는 사람들이 여전히 많다. 나는 이 책이 이웃을 소비자나 고객, 서비스업 종사자와 같은 명칭에 가두는 것이 아니라, 나와 같은 생활을 하고 일상이 있는 인격체임을 깨닫는 계기가 되길 기대한다. 택배 기사가 택배 물품만큼만이라도 존중받는 세상이라면, 누구나 살 만할 것이다. 그런 이야기들을 솔직히 나눠볼 생각이다.

1993년 신학대학원을 졸업하고 목회자로, 또 사회운동가로 살아온 지 이제 30년을 넘기게 되었다. 정말 빠르다. 내가 일해온 기독사회 운동도 그렇고, 동네 목회라는 것도 원래 평범한 일상을 살아가는 사람들과의 일이다. 그러나 대부분 분명한 목적을 갖고 명분 있는 일을 하다 보니 오히려 내가 속한 집단 밖의 사람들을 더 깊이 이해하지 못하는 경우도 많았던 것 같다. 그러다가 2015년 뜻밖에 택배 기사로 일하게 되는 기회를 얻었고, 지금도 틈틈이 그 일을 하고 있다.

2010년 광명 소하동에서 교회를 개척하여 목사로 일하면서 부족한 살림에 보탬도 되고, 교인들의 일상에도 좀 더 가까워지기 위해 '부업'처럼 할 일을 찾다 보니 가장 눈에 띄는 게 배달직이었다. 일터가 집에서도 가까운 가산역 근처였고 면접차 만나본 점장이 마침 청년 때 알던 지인이기도 해서 그해 6월부터 택배 일을 시작했다. 목회자로서의 처지를 생각해서 그때는 주 4일만 일하도록 배려해 주었다.

그러나 완전 생짜 초보인 데다 현역 목사이기도 하니 얼마나 어설펐을까? 지금 와서 돌아보면 그때를 어떻게 견디고 이겨냈는지 생각만 해도 끔찍할 정도로 처절한 사투의 연속이었다. 내가 주로 맡은 구역은 영화 〈범죄도시〉의 실제 배경으로 다시 유명해진 가리봉동이었다. 무엇보다 가장 힘든 것은 택배 물품은 트럭에 가득 쌓여 있는데, 도무지 집을 못 찾을 때였다. 나중에 다시 이야기하겠지만, 가리봉동을 쉽게 여기지 말라. 예전 구로공단 시절 조그만 영세공장과 공장 노동자들의 벌집촌들이 뒤섞여 있던 동네라서 미로같이 좁은 골목에, 한 집에도 여러 세대가 섞여 살아 도대체 어느 방에 내 고객이 살고 있는지 알 수 없어 탐문수사를 해야 했다. 애써 사람을 찾아 물어보면 '한국말 몰라요!'라는 한마디만 남기고 더는 말하지 않는다. 한국인과 중국인 비율이 어떻게 되는지 궁금할 만큼 중국인과 조선족 동포들이 정말 많이 살았다.

당시만 해도 지번 주소에서 도로명 주소로 바뀐 지 얼마 되지 않아, 배달 기사들은 매일 아침 자기 구역 지도에 배송할 물품의 주소마다 일일이 빨간 체크 표시를 하고 찾아다녔다. 지금 생각하면 배달 물건이 별로 많지 않았는데도 길이 낯설고 지도도 제대로 볼 줄 몰라서 한 집을 찾는 데도 우왕좌왕 수십 분씩 허비할 때가 한두 번이 아니었다. 그럴 때면 '감히' 택배하겠다고 나섰던 나 자신이 원망스러워지고, 당장 물건을 던져 놓고 어디론가 잠적해 버리고 싶은 생각뿐이었다.

한동안은 새벽 1~2시경에 귀가하는 일이 부지기

수였다. 그렇게 하루 배송을 마쳐도 내가 배송을 잘 했는지 자신이 없었다. 아니나 다를까, 전날 또는 며칠 전 배송한 물건이 어디 있냐며 신경질 섞인 목소리의 고객 전화가 걸려오면 나는 머리가 하얘져서 무조건 '죄송합니다. 제가 초보라서!'를 연발해야 했다(이제는 잘못 배송하는 일도 별로 없지만, 혹시 잘못 배송해도 큰 어려움 없이 다시 다 찾아낸다). 그때는 잃어버린 물건도 정말 많았다. 당시 100만 원도 안 되는 한 달 수수료를 받아 잃어버린 물건값을 변상하는 데 적지 않은 돈을 썼다. 그러다 보니 퇴근이 없고, 쉼이 없었다. 주일(일요일)에는 양복 입고 본업인 교회 목사로 돌아가지만, 혹시라도 잘못 배송하지 않았을까 전화기에 자꾸 마음이 쓰이고 전화벨 소리만 울려도 깜짝깜짝 놀랐다. 실제로 못 찾은 물건을 찾아 예배를 마치고 다시 가리봉동을 뒤지고 다닌 적도 많다. 사람이 이렇게 무거운 물건을 계속 들어 올리고, 매일 이렇게 많이 걸어도 괜찮은가 염려될 만큼 나이 오십에 신병훈련소를 다시 들어간 것 같은 심정이었다.

새벽에 일어나 컵라면이나 빵 조각을 억지로 털어

넣고, 아침 6시 50분에 택배 분류로 업무를 시작하면 종일 식사를 못 하는 일이 다반사였다. 시간이 없어서이기도 하지만, 내내 긴장하며 일하니 밥 먹는 건 호사처럼 느껴지는 탓이었다. 한밤에 들어가면 씻고 그제서야 첫 밥상을 마주하는데, 그게 마치 황제 밥상과 같았다. 사실 교회 규모가 크든 작든, 목회자의 일상은 여러 가지 업무로 제법 바쁘다. 그러나 택배를 하는 도중에는 다른 여력이 거의 없었다. 머릿속에는 주일설교에 대한 부담이 크면서도 집에 돌아오면 손가락 하나 까닥하기 힘들 정도로 지쳐 성경 읽고 기도한다고 앉아 있으면 꼬박꼬박 졸다가 이내 드러누워 자게 된다.

그러나 교인들이 택배 하는 걸 알게 되면서 생긴 가장 큰 변화는 자신들과 한껏 가까워졌다며 제법 좋아하더라는 것이다. 누구보다 젊은 청년들이 일부러 '목사님 수고하신다', '멋지다'라며 인사를 건네곤 했다. 나 역시 택배 물품을 받아보는 소비자로만 살다가 그때부터는 택배 기사들을 무심하게 볼 수 없게 되었다. 당시 우리 교회는 엘리베이터가 없는 3층에,

집(사택)은 4층에 있었다. 교회와 집에 오는 택배는 위까지 올라오지 않도록 3층이 시작되는 계단에 택배 올려놓는 탁자를 두어 거기까지만 오도록 써 붙였다. 그리고 가끔 교회 물건들이 큰 상자 여러 개로 배송되는 날에는, 미리 택배 기사에게 연락해 1층에서 함께 옮기고 약간의 수고비를 주기도 했다.

우리나라 부동의 주택구조 1위는 당연히 아파트다. 그러나 내가 배송을 시작했던 가리봉동은 그 흔하다는 아파트 찾기가 하늘의 별 따기다(물론 요즘은 가리봉동도 곳곳에 재건축, 신축 붐이 한창이다). 엘리베이터가 없는 연립, 빌라 등 다가구 주택이 많아 택배 기사들은 좁은 도로에 눈치 보며 차를 세워놓고 일일이 들고 지고 오르내려야 한다. 소비자는 주문 물품마다 꼬박꼬박 2,500~3,000원의 택배비를 지불하지만, 택배 기사들에게 돌아오는 수수료는 개당 700~800원 수준이다. 천 원도 안 되는 수수료 받으며 옥탑 꼭대기까지 물, 세제, 아이스박스를 지고 올라가고도 이런저런 푸념을 들을 때는 불평과 욕설이 터져 나오기도 한다. 목회자로, 운동가로 살면서 관념적으로 이해하던 치열한 삶의 현장을 피부로 느낄 수 있는 시간이었다.

동료 기사 중에는 20~30년 경력자들이 수두룩하다. 그들에 비하면 내 경험은 일천하다. 이 글은 2015년 택배와 목회를 겸하던 시절, 2021~2022년까지 전업 택배 기사로 일하던 시절, 이후 기사의 결원이 생겨 회사의 필요에 따라 백업 전문기사로 일하는 지금의 경험을 바탕으로 한 것이다. 여전히 그리 길지는 않은 경력이나 나름 초보를 벗어나 언제, 어디에 투입되어도 제 몫을 해내는 정도는 된 것 같다.

이 책에서 나는 그저 단편적으로 겪은 힘든 노동을 소개하려는 게 아니다. 처음에도 짧게 적었듯이 모두가 힘겹게 살아가는 치열하고 고된 삶의 현장을 함께 나누고 싶다. 그리고 그 속에서 서로 느끼는 따뜻하고 인간적인, 때로 답답하고 함께 고쳐보고 싶은, 그러면서 간간이 시대와 역사에 대한 이야기들도 나눠보고 싶다.

사람은 누구나 시련과 고난, 고생을 피하고 싶어 한다. 그런데 누구도 자기가 져야 할 그 십자가를 피해 갈 수 없다. 도대체 그 시련을 그때 어떻게 견뎌내고 이겼는지도 모르지만, 지나고 나면 그로 인해 성숙했음을 알게 된다. 그래서 인생은 참 깊고, 오묘하고, 때론 아름답게도 느껴진다.

누구나 일하며 힘겹게 살아가지만, 땀을 뻘뻘 흘리며 자기 몸을 써서 정신없이 일하는 사람들은 느끼고, 깨닫는 바도 색다른 것 같다. 목사이며 택배 기사인 내가 경험하고 느꼈던 개인적 소회가 같은 시대를 살아가는 동료, 이웃들에게 인생을 더 잘 살아가는 데 작은 도움, 좋은 버팀목이 되면 좋겠다는 생각으로 글을 쓴다.

"우리가 환난 중에도 즐거워하나니 이는 환난은 인내를, 인내는 연단을, 연단은 소망을 이루는 줄 앎이로다."

로마서 5장 3~4절

차례

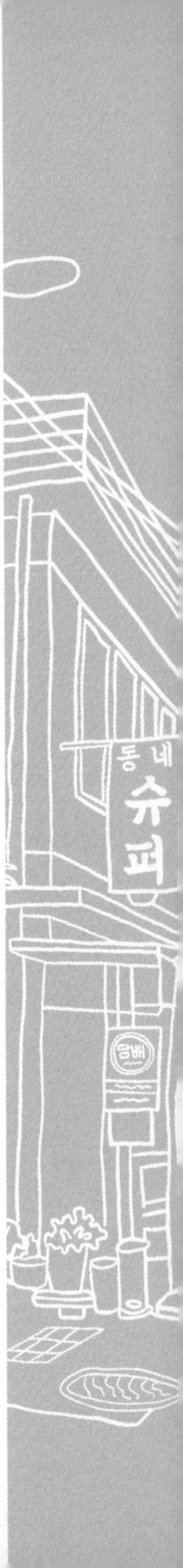

2장 택배 기사는 무엇으로 사는가

3장 택배가 내게 가르쳐준 것들

1장

성경을 내려놓고, 택배상자를 들다

택배 기사가 가장 서러울 때는

그게 무엇이든 현장 일은 힘들다. 택배 일도 그렇다. 내가 경험한 택배 일은 그저 노동의 강도가 세서 힘든 것이 아니었다. 나는 택배 기사라는 존재가 사생활이 없는, 배달 기계와 같이 느껴질 때 무척 속상했다.

택배 기사의 근무일은 월요일부터 토요일, 주 6일이며 오직 빨간 날(법정 공휴일)만 쉰다. 택배사마다, 대리점마다 다를지 모르나, 내가 소속되었던 회사의 경우 아침 6시 40~50분이면 벌써 작업장 레일 위로 그날 배송할 물건들이 돌기 시작한다. 기사들은 매일 레일 위에 쏟아져 오는 물품들의 주소를 보고 담당 구역의 물건을 찾아 스캔하고 트럭에 실어 정리한다. 그날 물건 개수에 따라 차이가 있지만, 물건을 받아

이른 아침, 택배 대리점의 레일 위에는 그날 배송해야 할 물건들이 돌아가고 있다.

정리를 마치고 대개 9시 30분~11시면 배송지로 출발한다. 배송지까지 이동하는 데는 보통 10~20분이 걸리니 점심시간이 다 되어서야 배송이 시작된다. 고객들은 이때부터 새벽부터 일하느라 이미 피곤에 절은 택배 기사들을 볼 수 있다.

요일마다 물량이 다르지만, 개인에 따라서도 배달 개수에 차이가 생긴다. 물론 그에 따라 수익이 달라진다. 나처럼 적은 구역만 책임을 맡아 오후 3~4시경에 마치고 귀가하는 경우도 있고, 젊은 기사들은 기본 배송 외에 회사나 기업의 대량 물량을 다시 가지고 들어오는 '집화'를 한다. 그런 경우 저녁 7~9시까지 일을 하게 된다. 중요한 건 이 과정이 매일 반복된다는 것이다. 그래서 쉴 때는 거의 잠만 자지만 피곤이 잘 풀리지 않는다.

그러다가 일요일 외에 휴일이 생기면 그전부터 마음이 참 즐겁다. 하지만 마냥 좋기만 한 건 아니다. 쉬는 날에도 택배 물량은 그대로 쌓이므로 복귀해서 밀린 물량까지 함께 소화해야 하기 때문이다. 작년 5월 27일(토)은 석가탄신일이라 쉬고, 28일은 일요일이라 쉬고, 29일(월)은 대체공휴일이라 연달아 3일을 쉬었다. 쉴 때는 참 좋다. 그러나 평소보다 이틀을 더 쉰 죄로 그 주간은 정말 힘들었다.

그러다 보니 가족과 함께하는 '저녁 있는 삶'이나, 경조사 참석, 편안한 외출은 꿈만 같은 이야기다. 우리에게 관공서나 은행은 너무 일찍 문을 닫고, 공휴일도 다 쉬기에 일 처리가 쉽지 않다. 택배 하면서는 식사를 거르기가 십상이다. 물론 돈이 없어서가 아니고, 시간이 없어서도 아니다. 일하다가 아무 데나 차를 세워놓고 편히 앉아 30여 분 동안 짬을 낸다는 게 아무래도 마음이 편하지 않다. 택배사들은 갈수록 총알배송, 당일배송, 무료배송, 새벽배송 등 서비스 경쟁을 선포하지만, 그럴수록 택배 기사들의 노동 강도는 더 세진다.

배송하기에 일반 주택가가 좋을까, 아파트나 빌딩이 편할까? 답은 '그때그때 달라요'다. 일단은 아파트나 빌딩이 좋긴 하다. 우선 주소 찾기가 쉽고, 주차하기 좋고, 비교적 도로가 넓고 게다가 대부분 엘리베이터도 있으니 당연하다. 그러나 꼭 좋은 것만은 아니다. 건물이 크고 사람이 많을수록 엘리베이터 기다리고 타는 게 보통 힘든 일이 아니다. 서울 구로구의 신도림역 옆에 테크노마트라는 대형유통단지가 있다. 많은 사람들이 쇼핑, 식사, 문화생활을 위해 판매동에 가기도 하고, 업무를 위해 사무동에서 근무하기도 한다. 그래서 늘 인파로 붐비고 택배 기사들은 엘리베이터를 옮겨 다니며 배송하느라 매일 전쟁을 치른다. 물론 고층용, 저층용 엘리베이터가 따로 있고, 일반인만 탈 수 있는 게 따로 있고, 아예 이용할 수 없는 제한 시간이 있기도 하다. 2015년 택배 기사를 갓 시작했을 때, 며칠 지원을 나간 적이 있는데 하도 정신이 없어서 물건을 몇 층에 두었는지, 수레는 어디에 놓았는지, 어디를 가고 어디를 못 갔는지 하나도 기억이 안 났다. 좁은 골목에서 집 찾느라 발품 팔고 다니는 게 차라리 속 편하다고 생각했을 정도다. 지금 담당하는 구역에 속한 어느 건물도 우선 1층에서 화물용 엘리베이터를 타고 올라가며 층마다 배송품을 떨어뜨려 놓는다. 그리고 가장 위 14층에서부터 수레를 들고 계단으로 걸어 내려오면서 던져둔 택배들을 각 배송지에 전달한다. 1시간 안에 마치지 못하면 할인권 외 추가 주차요금을 내야 하기 때문에 마음이 항상 급해진다.

그러나 이런 건 아무것도 아니다. 택배 기사가 가장 서러울 때는 내가 빠지면 당장 대체할 인력을 구하기가 어렵다는 것이다. 물론 갑작스런 사정으로 반나절, 하루, 이틀쯤은 미리 양해를 구하고 빠져도 주변 기사들끼리 물량을 조금씩 나눠 맡거나 대리점에서 대체할 수 있다. 그러나 그 기간이 길어지면 복잡해진다. 그래서 택배 기사들은 움직일 수만 있으면 어떻게든 출근해서 배송하고, 집에 가서 앓는 게 불문율이다. 그래서 나 스스로 이름 붙이길 '대체 불가, 배달 기계'이다. 과장이 아니다.

코로나 기간이던 몇 해 전, 어느 택배 기사가 거의 쉬지 못하고 매일 엄청나게 늘어난 물량을 소화하다가 과로사했는데, 장례식장까지 걸려오는 고객들의 배송 독촉 전화를 사망한 택배 기사의 아버지가 대신 받아야 했다는 신문 기사를 읽었다. 그 상황이 충분히 이해가 갔다. 내 일처럼 서럽게 느껴졌다. 그러다 보니, 누가 아프거나 다쳐서 당장 급한 사정이 생기면 나처럼 '경력과 실력'도 무난한 사람에게 도와달라는 긴급타전이 온다.

코로나 이후 이제 '아프면 쉰다'라는 게 사회적 상식처럼 되었지만, 택배 기사는 그저 컨디션이 나쁘고 몸이 안 좋은 정도가 아닌 부상이나 사고를 당해도 움직일 정도면 마음대로 쉬지 못한다. 대체 불가,

배달 기계이기 때문이다. 한 날은 점장이 어느 기사를 도와주라 해서 그에게 갔다. 그런데 이 기사는 움직일 때마다 끊임없이 신음소리를 냈다. 왜 그러냐 물어봤더니 일을 하다가 무거운 상자에 받혀 갈비뼈에 금이 갔단다. 작년 설 명절 무렵에도 갈비뼈를 다친 기사를 대신해 배송을 한 적이 있는데, 또 갈비뼈라니! 그러나 더 심한 교통사고에 비해 갈비뼈 골절은 상대적으로 '경미하기에' 아파도 그냥 일한다. 사정을 알고 나니 더 안쓰러워, 그 기사의 물건을 실어주고 정리도 대신 해주었다. 나보다 거의 20살 아래인 젊은 동료라 더 마음이 쓰였다.

나도 20여 년 전 갈비뼈가 부러져본 경험에 따르면, 치료 방법은 딱히 없는데 움직이면 아프고, 힘쓰면 더 안 되고 최소 두어 달은 꼼짝 말고 있어야 한다. 택배 기사도 아프면 물론 병원을 간다. 그러나 "당분간 힘든 일하지 말고, 푹 쉬어라. 스트레스 받지 말라"는 의사의 뻔한 권고만 들을 뿐이다. 물론 우리에게는 하나 마나 한 소리다. 진통제 먹고 그냥 버티며 또 물건을 들어 올린다. 화성의 영상까지 송출하고, 드

론으로 못 하는 게 없다는 첨단 21세기에도 작동되는 노동 실화를 아는가? 최소한 아픈 사람, 다친 사람은 쉬게 하자. 매일같이 중계방송되는 정치인들의 권력과 자리다툼, 종교인들의 그럴듯한 훈계들, 갑자기 짜증이 난다. '체험 삶의 현장'처럼, 단 며칠만이라도 현장 일 해봐야 한다.

현 정부 들어서 노조 폭력을 없애겠다며 팔을 걷어붙였다. 좋다. 그런데 장애인도 사람이니 최소한의 이동권, 자립, 주거 등을 보장해 달라며 요구한 예산의 달랑 1.1%만 반영해놓고 이를 항의하는 승차 시위에 대통령, 서울시장까지 나서서 "불법, 탈법, 법대로"를 외치며 장애인들을 불순세력으로 내몬다. 결국 이들이 갈 곳은 한강뿐인가? 지하철 역사 엘리베이터를 한 번이라도 이용해본 적이 있거나, 앞으로라도 이용할 계획이 있는 사람이라면, 장애인들의 시위를 욕할 자격이 없다. 그것은 2001, 2002년 중증 장애인들이 자기 몸에 쇠사슬을 묶어가며 전동차 앞에서 죽기 살기로 싸워서 겨우 설치된 것인데, 지금은 장애인들만 아니라 노인, 임산부, 환자, 그리고 얼렁뚱땅 누구나 이용하는 '당연한' 편의시설이 되었다.

정말 힘든 사람들 사정은 '쫌' 생각해 주는 세상이 되면 좋겠다. 사람의 탐욕과 자본의 관성은 쉬어야 할 사람을 쉬지 못하게 끊임없이 몰아붙인다. 그래서 이스라엘의 하나님은 한 주일의 하루는 자기 자신만 아니라 이웃과 나그네, 심지어 일을 부려 먹는 가축들까지 쉬게 하라며 '안식 선언'을 하셨다. 그러므로 안식일(주일)은 종교 축일 이전에 인간 해방일이다.

"엿새 동안은 힘써 네 모든 일을 행할 것이나 일곱째 날은
네 하나님 여호와의 안식일인즉 너나 네 아들이나 네 딸이나
네 남종이나 네 여종이나 네 소나 네 나귀나 네 모든 가축이나
네 문 안에 유하는 객이라도 아무 일도 하지 못하게 하고
네 남종이나 네 여종에게 너 같이 안식하게 할지니라.
너는 기억하라 네가 애굽 땅에서 종이 되었더니
네 하나님 여호와가 강한 손과 편 팔로 거기서 너를 인도하여
내었나니 그러므로 네 하나님 여호와가 네게 명령하여
안식일을 지키라 하느니라."

신명기 5장 13~15절

택배 하며 깨달은 진리

세상 많은 일들과 마찬가지로, 사실 택배 일도 한 고비만 넘기면 비로소 묘미를 알게 된다. 그리고 즐기게 된다. 다른 모든 고된 현장에는 그 세계에서만 통용되는 경구(교훈)가 있다 한다. 택배 현장도 마찬가지다. 초년병 때는 들어도 무슨 말인지 모르지만, 차차 경험이 쌓이면서 어느 날 갑자기 그 말을 이해하게 된다. 그럴 때마다 얼마나 신기한지 모른다. 이번에는 택배 일을 하면서 알게 된 일상적 깨우침을 이야기해보려고 한다.

① 택배의 기초는 정리에 있다.

일반인들은 택배 일이 배송이니 신체 건강하고 집

만 잘 찾으면 된다고 생각하기 쉽다. 아니다. 택배의 기초는 정리에 있다. 정리 잘못하면 그날 내내 고생한다. 도대체 정리가 무엇일까? 정리를 잘하고, 못하고의 차이는 어디에 있는가? 택배 기사들은 매일 같은 지역을 반복해서 돌기에 가는 곳 순서가 일정하다. 당연히 나중에 갈 물건부터 트럭 안쪽에 던져 넣는다. 그리고 가장 먼저 갈 곳의 물건들일수록 바깥에 둔다. 말은 쉽지만 크기, 형태, 무게, 재질과 특성 등이 다른 물건을 한 곳에 다 넣어야 하기에 쌓는 방법이 매우 중요하다. 그날 물량에 따라 쌓는 높이와 방식도 조금씩 달라져야 한다.

어떻게 쌓아도 한 차 가득이지만, 비교적 물량이 적은 날 안쪽부터 꽉꽉 채워 높이 쌓으면 또 문제가 발생한다. 오르막길을 올라가다가, 또 어느 정도 바깥 물건을 배송해서 틈새가 벌어지면 안쪽부터 무너져 쓰나미처럼 바깥 물건을 덮치는 경우가 있다. 그러면 그날은 끝날 때까지 내내 고생한다. 나중에 배송할 물건들이 무너져 한데 섞이면 배송할 때마다 물건 찾기가 이만 저만 힘든 게 아니다. 택배 기사는 배송

배송지와의 거리나 위치,
물품의 크기와 형태를
고려해서 테트리스 하듯이
쌓아올린다.

에 대한 기초와 실전을 차분히 학습하지 못하고 하루나 이틀 따라 나간 후 바로 투입되기 때문에 실무는 틈틈이, 스스로 익혀야 한다.

그런데 언제부터인가 내가 정리의 달인이 되었다. 주변 동료들도 물건 정리를 참 잘한다고 칭찬하고, 최근에 택배를 시작한 분들은 자기들도 언제쯤 그렇게 될 수 있냐며 부러워한다. 글쎄, 엄청나게 헤매던 내가 언제부터 이렇게 되었을까? 나도 신기하다. 내가 처음 택배를 시작했던 2015년에는 목회를 함께 하던 시절이라 일주일에 네 번만 배송했다. 내게 주어진 (임대한) 차량은 낡은 다마스였다. 경차였기에 적재함이 작아 구역을 두 번에 나눠 배송했지만 그래도 어떻게든 꽉꽉 채워 넣어야 했기에 어느새 최대한 빈틈없이 구겨 넣는 요령이 생겼다.

나중에 1톤 트럭을 배정받으니 그렇게 크게 느껴질 수가 없었다. 그런데 차가 커지니 그 나름의 문제가 생겼다. 적재함이 커져 정리한 물건들의 틈새가 생기니 앞서 말했듯이 고갯길만 들어서면 물건이 자꾸 무너지는 거다. 그래서 높게만 쌓으면 되는 게 아니라 틈새를 적당히 채워 빈틈을 막으면서도 배송지에 따라 구분하여 배열해야 함을 깨달았다. 물건을 잘못 쌓아 고생한 경험들을 교훈 삼아 실수를 머리에 새기면, 그 경험은 뼈에도 새겨진다. 연구와 연습, 실수와 실패를 반복하다 보니 어느 날부터 정리가 더는 문제도 아니게 되었다. 모르는 사람들은 그저 빈틈없이 높게 물건 잘 쌓은 것처럼 보이지만, 쌓은 물건들에는 나만 아는 결이 있고, 그 결마다 길이 보인다. 정리해 놓은 물건들을 바라보며 나 스스로 흐뭇할 때가 한두 번이 아니다.

② 차의 길, 사람의 길, 뱀의 길, 지렁이의 길이 있다.

이 말은 초보 시절 점장님이 내게 해준 말이다. 그러나 그때는 무슨 말인지 몰랐고, 알았다고 해도 남의 일일 뿐이었다. 처음에는 당연히 지도에 의지해(그땐 그랬다) 겨우 한 집 찾고 또 다른 집을 찾기 위해 지도를 이리저리 돌려 보며 겨우겨우 찾아갔다. 차가 다닐 수 있는 '차의 길'이 있고, 차가 들어갈 수 없는 골목들은 다 수레에 옮겨 실어 밀고 다녔으니 '사람의 길'이다(사실 가리봉동 주택가는 '차의 길'보다 '사람의 길'이 훨씬 많다).

그런데 도로 정비를 하지 않은 옛날 주택가들은 같은 번지수인데도 전혀 다른 집이고 더구나 같은 집인데도 입구가 멀리 돌아 전혀 다른 골목에 난 곳들이 제법 있다. 몸은 지치고 시간도 촉박한데, 무거운 물건을 들고 다시 다른 골목까지 찾아가는 허탈감은 말로 할 수 없을 정도다. 그런데 그렇게 헤매는 과정에서 뜻밖에도 이 골목이 저 골목과 연결되어 있고, 또

복잡하게만 보이는 주택가 골목에서 '뱀의 길, 지렁이의 길'을 발견할 때 택배 기사는 특별한 기쁨을 맛본다.

다른 집 쪽문을 통해 연결된 신세계를 발견할 때가 있다. '뱀의 길', '지렁이의 길'을 발견하는 순간이다. 그럴 때는 환호성을 지르고 싶을 만큼 기쁘고, 신기하고, 집을 찾는 재미에 흠뻑 빠진다. 익숙해지면 내가 찾으려는 집뿐만 아니라 골목, 도로, 동네 전체가 다 보이지만, 일정한 수준에 이르지 못하면 말해줘도 절대 알 수 없는 세계가 있다는 진리를 체득하게 된다. 그럴 때면 택배 하면서 깨닫게 되는 지혜들을 성경에 비추어 설교도 하게 된다. 여러모로 '득템'이다.

③ 택배는 어떻게든 일단 나가면 된다.

택배를 하다 보면 배송을 시작하기도 전에 답이 안 나오는 날이 가끔 있다. 배송 수량이 너무 많거나, 큰 물건들만 몰려서 나오는 날은 정리하다가 질려버린다. 그러면 기사들은 그때부터 머리를 굴리느라 생각이 복잡해진다. 반드시 그날 가야 할 물건(식품, 냉동품), 가급적이면 가야 할 물건, 그리고 그날 안 가도 되는 물건들을 다른 귀퉁이에 슬금슬금 쌓아둔다. 그리고 그날은 '죽었소' 하고 짐칸뿐 아니라 운전할 공간만 남겨놓고 조수석까지 최대한 욱여넣는다.

그러나 그보다 두려운 것은 역시 날씨다. 예전에 '군인은 우산을 쓰지 않는다'라는 말도 있었지만, 택배 기사야말로 우산을 쓰지 않는다. 아니, 우산 쓰고는 배송을 못 한다. 내리다 마는 비, 간간이 옷이 젖고 마는 가랑비 정도는 우리에겐 비도 아니다. 장마철의 계속 쏟아붓는 장대비가 문제다. 2021년에는 역대급

폭우가 한 달 가까이 거의 매일 쏟아졌다. 아무리 장대비가 쏟아져도 30분 기다려 멈춘다면 기다리기라도 하겠지만, 그때 장마는 아예 한 달 동안 작정하고 내리는 비 같았다.

배송을 위해 문을 열고 나가려 할 때마다 총알이 빗발치는 전쟁터에 나가는 듯, 운전석에서 각오를 다지고 나가도 짐칸까지 가는 도중 쏟아진 빗발에 맞아 이미 전의를 상실한다. 나도 나지만, 물건도 온전할 리 없다. 일부러 물에 불린 듯 푹 젖어 택배상자가 화장지처럼 되어버린다. 장대비를 하루 종일 맞으면 정신도 없고 한여름인데도 추위에 몸이 덜덜 떨린다. 운전석에 돌아와 차 문을 닫으면 다시는 나가고 싶지 않다. 그런데 이럴 때는 운전도 문제다. 비로 시야도 흐려지고, 습기로 성에가 껴서 유리창 너머가 잘 안 보인다. 추위를 무릅쓰고 에어컨을 켜지만 그걸로 안 되면 할 수 없이 유리창을 반쯤 내리기도 한다. 그러다 보면, 나 자신이 참 초라하고, 인생이 처량하다는 생각이 든다. 당장 집에 가고 싶은 생각만 드는 것이다.

그해 겨울에는 유난히 큰 눈도 많았다. 눈이 오면 도로 상태가 걱정이지만 큰길가는 지자체에서 손도 쓰고, 오가는 차들이 밟으며 녹아 그리 큰 문제가 없다. 진짜 문제는 높은 곳에 있는 동네였다. 제법 물량이 많은데 '과연 차가 올라갈 수 있을지, 올라가도 과연 내려올 수 있을지' 자신이 없다. 오죽하면 내려서 고개 위까지 걸어갔다가 내려오면서 길 상태를 살핀 다음에야 비로소 올라갔고 다행히 사고 없이 내려왔다. 수레로 쉽게 오르내리던 골목길도 눈이 많이 쌓이면 바퀴가 구르지 않아 택배를 하나씩 다시 들고 찾아가기도 한다.

그러니 추워서, 더워서 택배 일 어떻게 하느냐 정도는 일도 아니다. 일 하다 보면 추위는 금세 가시고, 더위도 거의 잊어버린다. 그래서 나온 말이 '택배는 일단 나가기만 하면 어떻게든 된다'이다. 그런데 인생살이가 다 그런 것 같다. 앉아서는 도무지 답이 안 나오고 살아날 길이 없는데, 막상 부딪혀 하나씩 해나가면 의외로 길이 보이고, 때론 답도 없이 어떻게든 헤쳐 나가다 보니 다 완수하는 일도 생기더라.

“지혜를 얻은 자와 명철을 얻은 자는 복이 있나니
이는 지혜를 얻는 것이 은을 얻는 것보다 낫고
그 이익이 정금보다 나음이니라.”

잠언 3장 13~14절

택배 기사는 외과수술 전문의

혹시 냉동식품이나 음료수 박스를 주문했는데 테이프로 덕지덕지 수선한 흔적 가득한 택배를 받은 일이 있는가? 당연히 물건을 보낸 곳에서 그렇게 보내지는 않았을 것이다. 요즘은 고객이 물건을 주문하면 빠르면 다음 날, 늦어도 이틀 후면 도착한다. 그러나 고객에게 도달하는 그 짧은 시간에 택배는 여러 경로를 거친다.

중요한 것은 모든 경로마다 물건을 크고 작은 차량에 넣고 빼고 다시 옮기는 과정을 반복하는데 접은 손수건만 한 작고 가벼운 물건에서 안마의자처럼 크고 무거운 물건까지 함께 쌓는다는 것이다. 그렇게 되면 포장지 한 장에 쌓인 얄팍한 서류부터 물기를 가득 머금은 냉동, 냉장 식품류까지 한데 모인다. 상차, 하차와 적치는 택배 기사가 아닌 소위 '까대기' 전문 알바에 의해 진행된다. 그 과정에서 당연히 금가고 깨지고 이물질이 묻고 내용물이 튀어나와 따로 돌아다니기도 한다. 그런 물건들이 매일 아침 물품분류장에 대기하는 우리 기사들에게까지 도달하는 것이다.

장마철에는 비에 젖어서 흐물흐물해진 박스가 오기도 하고, 아이스박스가 깨져 국물이 흐르거나 아예 내용물이 덜렁덜렁해져서 오기도 한다. 그럴 때면 국물이나 이물질이 택배 기사에게도 묻어 그날은 냄새와 함께 배달해야 한다. 그때부터 우리는 봉합수술에 들어간다. 일단 상태를 보고 수술로도 살아나기 어렵다고 판단되면 사진으로 증거를 남겨 파손처리를 하여 발송지로 되돌려 보내거나 폐기한다. 그러나 웬만하면 수술을 거쳐 살려낸다. 단지 포장재만 파손된 경우는 내용물만 잘 넣어 테이핑하면 되지만, 내용물까지 손상된 경우가 적지 않다. 그걸 잘 파악하고, 어떻게 할지 판단해야 한다.

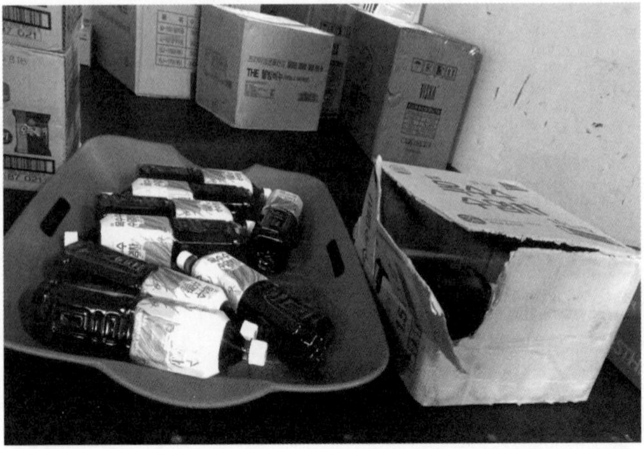

포장 박스가 찢어지면 택배 기사는 외과 수술 전문의로 변신한다.

포장재에 물기가 묻은 경우는 항상 예민해진다. 속 내용물이 터져서 국물이나 수분이 흘러나온 것인지, 아니면 얼었다가 녹아서 결로가 생긴 것인지 또는 다른 물건의 물기가 묻은 것인지, 심지어 빗물인지 분석에 들어간다. 냄새도 맡아본다. 이 정도면 형사가 따로 없다. 검토를 거쳐 봉합이나 수습이 필요한 경우 수술에 들어간다. 깔끔한 성격의 내 동료는 원래 박스 상태보다 더 견고할 만큼 탄탄하고 깨끗하게 테이핑을 한다. 나는 그렇게까지는 안 하고 형체만 보존한다. 그래서 택배 기사는 의사 자격증은 없지만, 파손된 택배 외과수술 전문의다.

가장 난감한 경우는 포장재 자체에는 아무런 흔적이 없어 정상적으로 배송했는데, 나중에 속 내용물이 터져(깨져) 있다고 고객으로부터 전화 올 때이다. 그럴 때는 황당하다. 물건마다 내용물을 흔들어볼 수도 없고 우리가 내부 상태까지 어찌 알겠는가? 내용물 전부가 다 파손된 경우가 아니면 자초지종을 듣고 고객도 더는 다른 요구를 하지 않거나 업체 쪽에 재발송을 요구하여 끝내는 경우가 대부분이다. 사람 사는 게 처음부터 완전한 매뉴얼이 있는 게 아니라 서로 이해하고 배려하여 넘어가는 경우가 많다.

그런데 이 기회에 어느 음료수 회사에 한마디 하고 싶다. 그 회사의 음료수 포장박스는 물건 무게와 부피에 비해 종이 포장재가 너무 얇고 접기 쉬우라고 점선까지 있어 늘 터질 듯하고 박스가 찢어져서 오는 일이 많다. 어떤 날은 음료수 열 박스가 한 번에 와서 계속 테이핑하고 쌓느라고 이중으로 힘들기도 했다.

업체의 포장 상태는 마치 택배 기사가 재포장할 것을 기대하고 보낸 게 아닐까 의심될 만큼 허술하기 짝이 없었다.

또 어떤 경우에는 발송 회사에서 겉표면에 주의문구를 써놓은 것도 있다. '던지지 마세요', '눕히지 마세요', '무거운 물건을 올리지 마세요', '안전하게 배송해주세요'…. 이런 문구를 볼 때 택배 기사들은 썩 마음이 좋지 않다. 누구나 여기서 물품 분류 일을 하루만 해봐도 던지지 말라고 써놓은 물건도 던질 것이고, 눕히지 말라는 물건도 눕힐 것이다. 누구나 자기 물건이 소중히 다뤄지길 바라는 마음은 있을 것이고 가급적 잘 배송하고픈 마음은 우리 역시 마찬가지다. 그러나 택배라는 배송 방식 자체가 한 기사가 다양한 물건들을 한꺼번에 모아서 여러 사람에게 전달하는 것이기에 무작위로 취급될 수밖에 없다는 것을 알아주면 좋겠다. 정말 깨지는 물건만 아니면 굳이 그렇게 쓰지 않아도, 기사들은 물건을 보거나 들어만 봐도 던져도 되는지, 눕혀도 되는지 안다. 그러나 정말 문제가 되지 않으면 쌓는 과정에서 눕히지 말라 써도 눕히고,

던지지 말라 써도 던지게 되는 것이 사실이다.

어떤 고객은 주문한 물건이 녹으면 안 되니 특별히 빨리 배송해 달라고 전화를 주시기도 하지만 여름에는 대부분의 물건이 냉동식품이기에 그렇게 분류하기 어렵다고 말씀드린다. 더구나 택배차는 냉동차가 아니기에 잘 냉동한 물건도 녹고 물이 흐르고 시간이 갈수록 상태가 좋지 않을 것이다. 특별한 취급을 원한다면 택배 방식은 적절하지 않다. 가장 마음 상하는 것은 '형님! 이게 오늘 살아서 갈 수 있을까요?'라는 문구와 함께 식물을 보내는 것이다. 애교로 웃으라고 쓴 문구인지는 모르겠지만, 마치 우리가 취급을 잘못해서 문제가 생기는 것처럼 비꼬는 것 같아 같이 웃어주기가 좀 그렇다. 운전하다가 앞차에 '승질 더러운 아이가 타고 있어요', '소중한 내 새끼가 타고 있다'라는 식의 뒤차에게 경고하는 듯한 문구를 볼 때 느끼는 반발심과 비슷하다. 내가 하고 싶은 말은 소중한 물품은 택배로 보내지 말라는 것이다. 문구를 적는 것은 좋지만 문구대로 배송되는 것은 아니다. 택배는 모든 물품을 정말 무작위로 쌓아 올려 배송하는 방식이다.

기사도 사람이기에 가끔 잘못 배송한다. 그럴 때 택배를 어떻게 다시 찾을까? 물건이 없다는 연락을 받으면 초보 때는 머리만 하얘질 뿐, 아무 생각도 나지 않았다. 고객이나 고객센터의 독촉 전화를 받으며 입만 바짝 탈 뿐 우물쭈물 어쩔 줄 모른다. 그러나 어느 정도 일에 익숙해지면 조금만 기억을 되짚어 보거나 추적해 보면 언제, 어디서 문제가 생겼는지, 어떻게 대처해야 할지 가닥이 잡혀 큰 걱정하지 않는다.

물건 정리하며 동호수나 비슷한 건물 이름을 잘못 적었을 때는 의심나는 곳을 찾아가면 영락없이 거기 있다. 배송하기에는 아파트가 쉽지만 잘못 배송했을 경우 물건을 찾기엔 오히려 동네 일반주택이 훨씬 쉽다. 아파트나 건물은 이름과 동호수만 보고 기계적으로 놓고 오는 것이라 숫자 하나만 틀려도 엉뚱한 데 놓고 올 수 있기 때문이다. 반면, 일반주택은 집 모양새, 위치, 가옥구조 등이 다 달라 경력이 쌓이면 오늘, 어제, 그제 그곳을 갔는지 안 갔는지, 어디에 두었는지 대부분 기억난다. 그래서 잘못 배송된 택배를 못 찾는 경우가 거의 없다. 그리고 이제는 웬만한 건물에 CCTV가 설치되어 있고, 그렇지 않더라도 남의 물건을 가져가는 도난사고는 잘 일어나지 않는다.

물론 끝까지 못 찾는 경우가 없지 않다. 그럴 경우를 대비해 모든 기사는 회사와 계약할 때 차량사고와 물품 분실을 대비한 보험을 필수로 들고 있다. 그래서 물품 배상을 할 경우에도 가격의 일부만 부담하게 된다. 다행한 일이다. 여러모로 택배 기사가 배송에만 전념할 수 있게 시스템도, 의식도 변해가는 것을 느낀다.

"많은 재물보다 명예를 택할 것이요, 은이나 금보다 은총을 더욱 택할 것이니라. 가난한 자와 부한 자가 함께 살거니와
그 모두를 지으신 이는 여호와시니라."

잠언 22장 1~2절

미로 같은 동네에 택배를 배송하는 방법

처음 하는 일은 낯설고 서툴다. 택배 일도 그렇다. 더구나 이 일은 물품 분류에서부터 운전, 주차, 배송, 집화, 민원 처리까지 혼자 처리할 일이 너무 많아 처음에는 정신을 못 차린다. 배송 차량을 주차하고 수레도 놓고 물건만 들고 집을 찾느라 뱅글뱅글 돌다가 겨우 집을 찾아 배송하고 돌아서는데 방향 감각을 잃어 수레는 어디 놓았는지, 차는 어디 두었는지 모를 때도 있었다.

그러나 일단 자기 구역을 정해서 다니다 보면 패턴이 정해지고 매일 비슷한 일이 반복되면 익숙해지고 시간도 단축되어 여유로워진다. 나 역시 그랬다. 그런데 최근 나는 확정된 구역 없이 긴급한 투입이 필요한

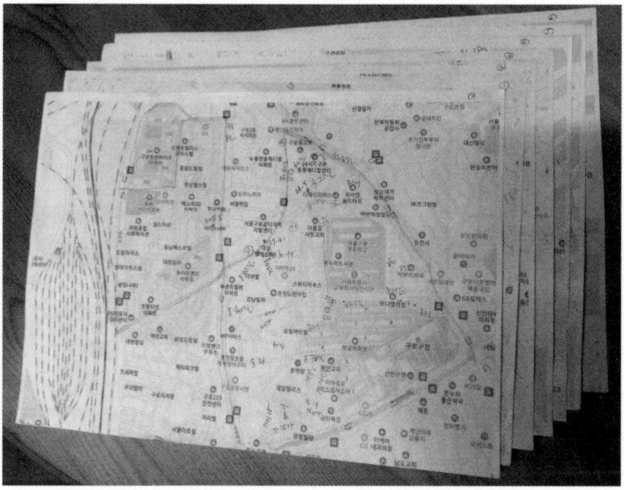

갑자기 투입된 낯선 동네에서 배송하기 위해 지도로 예습한다.

지역에 나가는 지원 일을 하고 있다. 즉, 담당 기사가 복귀하기 전까지 해당 구역을 맡다가 임무가 바뀌면 또 다른 곳으로 간다. 새로 임무를 맡을 때마다 매번 다른 곳을 간다는 말이다.

얼마 전 잠시 맡아 배송한 곳은 제법 어렵기로 소문난 동네였다. 그래도 난 자신했다. 처음 택배 일을 시작할 때 워낙 힘들기로 유명한 구역들을 배송해 본 경험이 있어서다. 그런데 내가 맡을 곳의 담당 기사가 자리를 비우기 얼마 전에 전화가 와서 먼저 하루라도 둘러보는 게 좋지 않겠냐고 했다.

생각해 보니 그게 좋을 것 같아 그 기사와 동승하여 미리 둘러보았다. 그런데 다녀보니 그곳이 생각보다 간단하지 않았다. 특히 작은 골목이 너무 많고 여기저기 동선이 꼬여 있었다. 그래서인지 같은 골목임에도 서로 다른 도로명 주소가 여러 개 섞여 있는 곳도 있었다.

하루 따라 나갔다가 갑자기 부담이 커졌다. 어떻게 해야 할까? 미리 공부를 해야겠다는 생각이 들었다. 집에 돌아와 해당 지역 지도를 도로명에 따라 확대해서 출력했다. 모두 10장이 나왔다. 그리고 형광펜과 볼펜으로 둘레를 그리고 주요한 표시를 했다.

다행히 월요일 배송은 물량이 적다. 그래서 시간이 넉넉한 월요일에 10장의 지도를 가지고 나가 동네와 골목마다 꼼꼼히 살피며 중요한 사항들을 지도에 추가로 적어 넣었다. 배송을 마치고도 일부러 한 번 더 돌아보며 동네의 특징을 머리에 입력했다. 집에 돌아와 다시 여러 차례 복습을 하고 잠자리에 들었다. 약간의 부담도 있었지만, 그보다는 예습을 철저히 마쳤다는 뿌듯함과 가벼운 흥분마저 느껴졌다.

월요일이 물량이 적은 날이라면 화요일은 항상 물량이 많은 날이다. 택배 배송의 관건은 아침 물품 정리다. 물품을 거리와 크기, 종류에 따라 제대로 분류해 정리해 두면 배송은 순조롭고 그렇지 못하면 그날 내내 고생한다. 이 날은 예습, 복습 덕분에 물품 정리도 큰 어려움 없이 깔끔하게 마치고 늦지 않게 출발할 수 있었다.

역시 복잡한 미로 같은 골목에서는 조금 헤맸지만 대체로 무난하게 일을 마쳤다. 생각보다 일찍 돌아온 것을 보고, 회사 동료들은 칭찬을 해주었다. 하루하루 경험이 더 쌓이면서 며칠 만에 거의 내 구역처럼 익숙해지고 며칠 계속 보는 분에게는 인사도 나눌 만큼 여유가 생겨났다. 이럴 때는 스스로 참 대견하게 느껴진다. 어느새 나도 택배에 관록이 붙은 것 같아 뿌듯하다.

말만 들으면 알아듣기 힘들겠지만, 사실 어디든 동

네와 길의 특징만 알면 길 찾기와 배송은 크게 어렵지 않다. 더구나 실수도 약이 된다. 길 찾기가 어려워 헤매거나 틀리면 오히려 기억에 깊이 남아 나중에는 더 쉽게 길을 찾고 일을 익힐 수 있다. 정말 공부와 똑같다.

지역과 동네마다 도로명의 특징과 패턴을 익히고, 일방통행은 없는지 살피고, 어디쯤에서 주차할 것인지만 판단하면 어디든 무난히 배송할 수 있다. 그래서인지 초보 때는 배송이 어려워 그만두고 싶지만, 오래하면 되레 너무 단조롭게 느껴져 그만두고 싶어진다. 그런 버거움과 지루함의 고비를 견뎌야 비로소 택배기사로 자리 잡게 되는 게 아닐까 싶다.

처음 입사하면 회사에서는 바로 담당 구역을 배정해 주지 않고 상당 기간 여기 저기 돌린다. 가만 보니 몇 가지 이유가 있는 것 같다. 하나는 택배 기사를 지원했지만 정말 해보겠다는 각오로 뛰어든 사람인지, 아니면 여차하면 그만둘 사람인지를 판단하는 것이다. 여차하면 그만둘 사람에게 바로 담당 구역을 줬

다가 그만두면 회사는 물론 고객도 골탕 먹는 일이 간혹 생긴다. 실제로 그런 사람이 적지 않다.

나는 점장님의 부탁으로 처음 택배 일을 시작하려는 분을 데리고 훈련 조교 같은 일을 몇 번 해봤다. 그럴 때 나도 새로 일할 분과 함께 하면서 그가 어떤 각오로 오는지를 확인해 본다. 분명히 열심히 할 마음이라고 해서 굉장히 상세하게 택배 업무와 해당 지역의 성격과 특징, 주의할 점 등을 설명해 주었다. 일을 마치고도 일부러 전체 구역을 한 번 더 돌아보며 다시 설명해 주고 전체 지역을 그림으로 그려주었다. 그리고 모르는 게 있으면 언제든 다시 연락해도 좋다고 했다. 그런데 얼마 지나지 않아 이런저런 불만을 쏟아놓다가 갑자기 사라진다.

담당 지역을 바로 정하지 않는 또 다른 이유는 다양한 동네를 다녀보며 그에게 가장 알맞은 구역을 물색하는 의미도 있다. 불필요해 보이는 이 과정이 같은 대리점 택배 기사로서의 기본을 다지는 데도 참 좋다. 우리는 여러 곳을 다녀보며 꼭 자기 지역이 아니어도 다른 기사들의 배송지가 어디 있고, 상황이 어떤지 제법 많이 안다. 그래서 대신 투입되어야 할 경우 큰 어려움 없이 해낼 수 있게 된다.

기본적으로 함께 공유해야 할 것 외에는 택배 기사마다 일하는 방식이 조금씩 다르다. 나처럼 경력이 오래지 않은 기사는 물품을 받는 즉시 자기가 보기 편한 대로 굵은 매직으로 주소를 다시 쓴다. 그걸 보고 가는 곳마다 물건을 쉽게 찾아낸다. 그런데 주소를 다시 쓰지 않고 송장 주소만 보고 배송하는 기사들도 제법 많다.

왜 그런지 물어보니 지하 분류장 불빛이 어두워 식별하기도 어렵고 분류만 잘 해놓으면 배송지에서 찾아내는 건 그리 어렵지 않아서 굳이 주소를 쓰지 않는다고 한다. 나는 아직 그 정도의 자신은 없다. 또, 주소를 적는다고 해도 쉬운 도로명 주소를 적는 게 일반적이지만 어떤 기사는 굳이 예전 번지 주소를 적기도 한다. 대개 그런 기사는 그 지역에서의 배송 경력이 오래되어 도로명 주소가 도입되기 전의 번지 주소로 길을 익혔기에 굳이 도로명을 다시 외울 필요가 없는 것이다. 우리처럼 경력이 부족한 기사는 그저 존경스러울 따름이다.

또 배송 기사에 따라 보병형과 포병형이 있다. 예전 군대에서 행군이나 훈련이 있을 때 보병은 대부분 발이 부르트도록 걷고 또 걷지만 포병은 '몇 보 이상은 승차'라며 트럭 타고 이동했다. 배송 기사도 그와 비슷하다. 나는 매우 보병형 택배 기사이다. 자꾸 차에 오르내리는 것보다 한적한 곳에 차를 세워놓고 한 골목을 다 돌 만큼 많은 물건을 한 번에 수레에 실어 배송하는 편이다. 차량에 오르내리고 적재함 문을 자주 열고 닫는 것보다 걷는 게 편하게 느껴져서다.

그런데 우리 점장님은 대표적인 포병형이다. 그는 어차피 자기 배송지를 갖지 않고 때마다 필요한 곳에 지원사격을 나가기 때문에 경트럭인 다마스를 이용한다. 2015년 나도 그 차를 이용한 적이 있어 잘 알지만 다마스는 구로동처럼 좁은 옛날 골목이 많은 동네에는 최적이다.

'저 정도는 어려울 텐데'라고 여길 만한 좁은 골목도 다마스로 파고들어 몇 보 이상이면 무조건 차로 움직인다. 동승해 보면 다마스는 거의 그의 몸이 되어 함께 움직인다. 못 가는 곳이 없다. 베테랑의 관록이다. 모든 일이 그렇듯이 택배 일도 내 일이라 생각하고 마음을 기울이는 만큼 익숙해지고 자기에게도 의미가 더하는 것 같다.

택배 기사가 바라본 아파트와 택배 차량 갈등

최근 아파트 입주민과 배송 기사 사이에 아파트 차량 진입 문제로 생긴 갈등이 화제가 된 적이 있다.

우선 우리 대리점 기사들에게 그런 일이 있었다는 얘기는 들어보지 못했다. 우리 대리점이 담당하는 구로구 지역이 대개 오래된 주거지가 많고 새 아파트라 해도 그곳만 도드라지게 지어지는 일은 없기 때문이라 짐작한다. 그보다는 새롭게 조성된 신도시나 부자 동네 명품 아파트 지역에서 이런 갈등이 주로 일어나는 것 같다. 기사 입장에서 우리가 그런 지역을 담당하지 않는 게 얼마나 다행스러운지 모르겠다는 마음이 들었다.

기사를 통해 살펴보면 논란은 거의 비슷하다. 아파

트 주민 쪽 의견은 이렇다. '아파트 자체가 입주민들의 산책과 안전을 위해 지상 주차장 없이 설계, 건설되었다. 그래서 주민들 모두 지하 주차장에 주차하고 아파트 지상 도로는 다 보행자 전용이다. 주민들이 운동하거나 아이들이 마음대로 뛰어다닐 수 있다. 그런데 유독 택배 차량만 들어오게 되면 그 흐름이 끊어지고 위험하기도 하다. 실제 택배 차량은 제한속도 10km를 지키지도 않는다.'

기사를 보니 문득 과거의 일이 떠올랐다. 2002~2003년 아이들이 어린 시절, 우리도 경기도 광주의 어느 작은 아파트 단지에 입주해 살았던 적이 있다. 그곳이 그랬다. 아파트 입구에 들어서자마자 지하 주차장과 연결된 도로가 있었고 모든 차량은 지하로 들어갔다. 우리도 지상 도로에 차를 피해 다닐 염려 없이 마음대로 다닐 수 있다는 게 매우 만족스러웠다. 물론 당시 택배 차량은 어떻게 배송했는지, 그때는 관심이 없어 잘 기억나지는 않는다(정확하지는 않으나 택배 차량은 지상에 주차했던 것 같다).

사실 나는 우리나라가 보행자보다 지나치게 차량

위주의 도로, 교통 체계가 설계되고, 운영되는 것이 불만인 사람이다. 몇 해 전부터 일반 도로의 제한속도를 시속 50km로, 학교 보호구역은 30km로 제한한 것을 크게 환영한다. 누구나 운전할 때는 속력을 내고 싶은 운전자였다가, 걸어 다닐 때는 차량에 신경 쓰는 보행자의 처지가 된다. 그러나 얼마 전까지만 해도 많은 사람들이 운전자로 차에만 앉으면 우회전 횡단보도는 신호등 무시하고 대충 지나가고, 제한속도는 늘 무시하기 일쑤였다. 특별히 횡단보도 앞 주차선을 무시하고 그 안까지 들어와 차를 세우는 일도 적지 않았다. 그로 인해 인사사고가 빈발하고 특히 민첩성과 주의력이 떨어지는 아이들은 가장 큰 피해자가 되곤 했다. 나 자신도 제한속도로 인해 운전에 불편함을 느끼지만 보행자 우선의 교통 및 도로 체계 변경은 적극 지지한다.

그러나 아파트 택배 지하 배송 문제는 그리 단순하지 않다. 여러 건의 기사를 살펴보면 아파트 지하 주차장 제한 높이는 2.1~2.3m인데, 택배 차량 탑재함 높이는 2.6~2.7m가량이다. 아예 들어가지 못하는 것이다. 택배 기사들에게 그 아파트의 특별한 사정 때문에 자비로 탑재함을 고쳐 운행하라는 것은 지나친 요구다. 어떤 아파트는 개조 비용을 제공하겠다고도 했단다. 그러나 택배 기사인 나는 그것도 쉽지 않은 일임을 안다. 왜냐하면 택배 배송의 관건은 많은 물건을 얼마나 잘 쌓을 수 있는지와 얼마나 빨리 시간을 단축할 수 있는지에 달려 있기 때문이다(물론 물건을 하자 없이 정확하게 배송하는 것은 기본 전제다).

그만큼 택배 기사가 소화해야 할 하루 물량은 늘 탑재함을 꽉꽉 채울 만큼 많다. 그중에 배송량이 더 많은 기사는 대리점 집하장을 하루 두 번씩 오가거나 일부 물량을 다음 날로 미루고 쌓아두는 일도 적지 않다. 그런데 탑재함 높이를 낮추면 얼마나 많은 물량을 싣지 못하게 되는지 택배를 해본 사람은 벌써 머리에 그려진다. 기사들은 매일 두 번씩 왕복 한 시간 가까이 소모하며 다시 대리점에 다녀와야 한다. 그렇게 될 경우, 직장인 퇴근 시간을 피하기 어렵고 특히 배송 후 집화까지 하는 기사들은 시간을 맞추기가 거의 불가능해진다. 대충만 생각해 봐도 탑재함을 낮추는 것은 단지 개조 비용을 누가 낼 것인가의 문제가 아니다.

그래서 택배 기사들은 지상 도로를 이용하되 정해진 제한속도를 정확히 지키고, 또 아파트 측에서 지정해 주는 공동 주차구역에만 주차하고 그 이후에는 수레를 이용하겠다는 제안을 했다. 그러나 아파트 쪽에서 그 제안을 거부하자 결국 정문 앞에 택배를 쌓아놓는 불상사가 벌어진 것이다. 아파트 쪽에서도 집까지 배송하지 않은 물건을 일일이 사고로 신고하여 기사가 변상하도록 권하고 있다 한다. 이렇게 되면 양쪽 모두 자존심 때문에라도 굽힐 수 없어지고 불편함과 감정만 쌓여간다.

내 생각은 이렇다. 양쪽의 절충점을 찾되 아파트 쪽의 사정으로 생긴 일인 만큼, 그쪽에서 좀 더 합리적인 대안을 마련해야 한다. 지상 주차장을 없애고 지하 주차장만 이용하는 것은 일반적인 상황이 아니라는 말이다. 배송 업무의 일반적인 상황이 아닌 것을 일반 이용자도 아닌 물건 배달 기사에게 똑같이 요구하는 것은 설득력이 부족하다. 그것은 배달 기사가 각 배송지마다의 특수 사정을 다 따를 수 없는 것과 같다.

그러므로 나는 앞서 기사들이 요구한 것처럼 아파트 측에서 지정한 공동 주차구역만 이용하게 하는 것이 가장 좋은 방안이 아닐까 싶다. 몇 해 전 갈등이 생겼던 의정부 어느 아파트는 결국 아파트 지하 주차장 높이를 2.7m로 높임으로써 문제를 해결했다고 한다.

내게도 비슷한 일이 있었다. 내가 배송한 지역 가운데 어느 건물은 그 건물에 배송하는 경우에도 건물 앞 주차장을 이용하지 못하게 한다. 그뿐 아니라 건물 안 배송을 위해 물건을 수레에 실어 옮기려 하면 소음이 크고 바닥이 긁힐 수 있다며 건물에서 주는 바퀴가 넓은 큰 수레에 다시 옮겨서 가라 한다. 너무하는 것 아니냐고 따져 물으려니 경비원은 건물 주인이 그렇게 요구하니 자기도 어쩔 수 없노라며 미안하지만 자기 좀 봐달라고 한다. 경비원도 '을'이고, 나도 입씨름하기 귀찮아서, 그 건물에 배송이 있을 때는 건물에서 주는 다른 수레에 옮기기보다는 좀 힘들어도 내가 들고 오르내렸다.

아파트와 택배 차량 간의 갈등을 통해 한국인의 유별난 아파트 사랑에 대해 생각해 보게 된다. 1980년대 강남 개발과 함께 급속하게 늘어나 지금은 주거 형태 중 압도적 1위를 차지하는 아파트는 우리나라 도시화와 중산층의 상징이었다. 정부 보급형인 1세대 '주공아파트' 시대를 지나, 1990년대 주요 재벌의 '민영 아파트' 시대를 거쳐, 지금은 보편화된 아파트 홍수에서 다른 이들과의 차별을 원하는 '명품 아파트' 시대가 되었다.

우리 가족은 2004~2010년까지 경기도 광명 어느 주공아파트에서 살았다. 그 무렵 광명은 1980~90년대에 지어진 1세대 주공아파트의 재건축이 활발히 진행되던 곳이었다. 어느새 우리 단지만 빼고 주변 단지 모두가 어려운 영어 이름들을 길게 이어 붙인(왜 이래야 할까?) '명품 아파트'로 바뀌기 시작했다. 어느 날 놀러 나갔던 초등학생 아들이 씩씩대며 들어왔다. 이유를 물으니 '주공' 대신 들어선 '명품' 아파트 놀이

터에 놀러 갔던 아이들이 '명품 주민'에게 다 쫓겨났다는 것이다. "아빠! 다른 아파트에 가서 놀면 안 돼?" 예전에 평수로 구분된 신분이, 영구 임대와 민간 분양으로, 다시 명품의 이름으로 구분 짓고 각 아파트는 오직 입주민만의 차별화되고 단절된 서비스를 통해 자신의 가치를 드러내려고 한다.

이와 비슷한 한국인의 자존심은 차로도 표현된다. 예전 티코로 대표되는 경차가 처음 나왔을 때 그랜저와 비교하며 만들어낸 수많은 우스갯소리가 전형적인 한국인의 마음이다. 그사이 IMF가 터지고, 세계 금융위기를 겪었지만, 한국인의 차는 갈수록 크고 비싸졌고, 그에 비해 이제 경차, 소형차는 찾아보기도 힘들다. 안전 때문이라고? 일본인과 유럽 사람은 우리 못지않게 안전과 생명을 귀하게 여기지만 타고 다니는 차는 우리보다 훨씬 작다.

아파트와 차 사랑을 폄하하거나 따지려는 마음은 없다. 다만, 혹시 우리가 더 소중히 여길 것을 놓쳐서 생기는 마음의 허함은 아닌지 돌아보고 싶은 것이다. '뭐시 중헌디?'(영화 〈곡성〉 대사 중)

"모든 지킬 만한 것 중에 더욱 네 마음을 지키라
생명의 근원이 이에서 남이니라. ... 네 눈은 바로 보며
네 눈꺼풀은 네 앞을 곧게 살펴 네 발이 행할 길을 평탄하게 하며
네 모든 길을 든든히 하라. 좌로나 우로나 치우치지 말고
네 발을 악에서 떠나게 하라."

잠언 4장 23, 25~27절

공포의
절임 배추

친한 택배 기사가 계속 토하고 어지러워 일하기가 어렵다며 내게 배송을 대신 나가줄 수 있는지 물어보았다. 그 기사가 맡은 구역은 내가 초창기에 힘겹게 일을 배운 가리봉동이었다. 아직도 전체 윤곽은 물론 길과 집, 주변 분위기까지 눈에 선한 추억이 가득한 동네이다. 그런데 물건을 배송하다 송장에 적힌 이름을 보니 10년 가까이 지난 지금도 그대로 사는 주민이 한두 명이 아니다. 직접 본 적은 없으나 순간 뭉클한 마음이 든다.

다만 예전에는 번지 주소로 배송했는데 몇 년 사이에 다 잊어버려 이번에는 도로명 주소를 다시 익혀야 했다. 그러나 워낙 동네가 훤해서 하루 돌아보니 도로명도 금세 눈에 익었다. 그렇게 추억의 가리봉동을 배송했다.

택배 할 때 가끔은 일이 몰리는 날이 있다. 어느 겨울 날이 유난히 그랬다. 본격적인 김장철이 되면 매일 절임 배추가 들어온다. 절임 배추를 담은 상자는 두껍고 단단해서 쌓기는 좋지만, 배추와 소금물이 함께 들어가 있어 제법 무겁다.

그날도 아침부터 구역을 돌며 열심히 배송하고 있었다. 전화가 왔다. 하던 일을 멈추고 겨우 받으니 어디 사는 고객이라며 김장하고 있는데, 절임 배추 언제 오느냐며 재촉한다. 대충 예정 시간을 가르쳐주고 끊었다. 절임 배추로 신경이 쓰이는데, 한 시간 후 또 전화가 왔다.

김칫소를 다 만들고 무도 절여놓았는데, 절임 배추가 언제 오냐는 다른 고객이다. '또 절임 배추!' 우리와 상의해서 김장하는 것도 아닌데 택배 기사가 김장 시간까지 맞출 수는 없는 노릇이다. 두 번이나 같은 전화를 받으니 약간 짜증이 났다. 고객이 있는 곳과 지금 내가 배송하는 곳은 차로 직행하면 채 10분도 안 걸리는 거리다.

그러나 우리의 계산대로라면 한 시간 넘게 걸린다. 그렇게 대답하니 고객이 이해를 못 한다. 아무튼 최대한 빨리 가겠다고 답하고 전화를 끊었다. 논리와 책임 소재를 떠나서 김장 중에 배추가 없는 뻔한 사정이 머리에 그려지니 마음이 더 급해졌다. '이런, 속히 가야 할 절임 배추가 두 곳이라니! 일이 힘들어도 좋으니 마음 편히 배송하면 좋겠다.'

그러나 7~8년 전 나도 똑같은 일이 있었다. 그때 우리 교회는 교회 김장을 할 때 원하는 교인들과 예배당에 모여 각 가정 김장까지 함께 했다. 10여 명의 교회 식구들이 모여 함께 썰고, 버무리고, 비비고, 나중에는 배추쌈에 수육도 싸 먹었다. 남자들은 시키는 대로 일하고, 아이들은 떠들며 부산을 떨고 왁자지껄 즐거웠다.

그러나 다른 작업을 다 마쳐도 주문한 배추가 오지 않아 모두가 초조해졌다. 미안하지만 할 수 없이 전화해 언제쯤 올지 묻는다. 기다리며 조바심을 태운다. 한참 후 택배차가 도착했다. 그런데 교회는 엘리베이터 없는 3층에 있다. 남자들은 모두 택배차 앞으로 내려가 절임 배추 수십 상자를 지고 올라온다. 나는 택배 기사에게 수고했다며 따로 수고비를 챙겨드렸다. 옛날이야기다.

이젠 내가 그 절임 배추를 나르고 있다. 아무튼 두 곳에 배송해야 할 절임 배추를 생각하며 다른 집의 배송을 서두르는데 이번에는 골목에 세워둔 차를 빼 달라고 아우성이다. 이 골목 다 하려면 아직 멀었는데. 할 수 없이 차로 와서 적당한 곳에 다시 세워놓고 다시 가서 나머지 물건을 배송한다.

그런데 화장실도 가야 한다. 가장 가까운 화장실이 어디인지 또 머릿속이 분주하다. 소변을 참을 수 있는 시간을 계산하는데 절임 배추가 또 생각나니 부담이 더 커졌다. 이런 날은 평소 오지 않던 전화까지 몰려든다.

어찌어찌 해결하고, 중간의 배송지는 나중에 돌아오는 길에 해야겠다 생각하며 절임 배추 고객에게 먼저 달려갔다. 그 집에 도착해 차를 세우고 좁은 계단을 올라가 배추를 내려놓고 부르니 60대 어르신이 나와서 눈 빠지는 줄 알았다 하신다. 나도 빨리 오려고 몇 군데 건너뛰고 왔다 하니 고맙다고 하신다. 그리고 또 다른 절임 배추로 달렸다. 이렇게 배추 배송은 끝!

그런데 이렇게 마음이 다급하고 복잡할 때는 집중력이 떨어져 배송에 소홀해지기 쉽다. 그날도 그랬다. 결국 그날 두 곳의 배송을 잘못한 게 며칠 후 확인되었다. 요즘에는 잘못 배송해도 추적하여 찾아내거나 그렇지 못해도 뜬금없는 물건을 받은 분에게서 찾아가라 연락이 와서 거의 찾는다.

오랜만에 다시 간 가리봉동도 이곳저곳에 재건축 현수막이 붙고, 이미 신축을 끝낸 집들도 적지 않았다. 그러나 전체 동네의 구조는 바뀐 게 없다. 여전히 가파른 언덕과 좁은 골목이 많고, 차가 들어갈 수 없는 곳도 많다.

말 나온 김에 집 찾기가 얼마나 어려운지 이야기해 보자. 층마다 몇 개의 세대가 있는 집들은 집을 찾았다고 끝난 게 아니다. 예를 들어 202호를 배송하려고 대문에 들어서 무작정 계단에 오르다가 낭패를 보는 일이 한두 번이 아니다. 지금 올라간 2층에는 201호만 있다. 아쉬운 마음으로 두리번거리면 담을 가로질러 다른 계단으로 간다.

이처럼 집을 찾았다고 해도 앞문인지 뒷문인지, 오른쪽 계단인지 왼쪽 계단인지, 심지어 같은 집인데도 아예 다른 골목을 돌아서 세대가 따로 있는 경우도 적지 않다. 1980년대 이전에 지은 건물이 다수인 가리봉동에는 아주 흔한 일이다. 몇 번 실수한 후에는 만만치 않아 보이는 집을 볼 때마다 올라가기 전에 먼저 둘러보고, 가능성을 따져보고, 판단해서 올라간다. 그러다 보면 처음 가는 집도 웬만하면 바로 호수를 찾아내게 된다.

잘못 찾으면 다시 내려와 찾으면 되지 뭘 그렇게까지 고민하냐고 생각하기 쉽다. 그러나 배송해 보면 그렇지 않다. 하나라도 빨리 배송하고픈 마음에, 무겁기까지 한 물건을 겨우 어깨에 매고 2~3층 올라갔다가 허탕 치고 내려와 다시 찾는 마음이 얼마나 맥이 빠지는지.

특히 무거운 물건을 몇 개씩 들고 올라갈 때는 한 층 올라갈 때마다 끙끙대며 온 힘을 집중해야 하므로 층수를 세는 걸 깜빡 잊을 때가 있다. 그러다가 문득 층수를 보니 한참 올라갔다고 생각했는데 아직도 한 층이 남았다. 그때 아연실색한다. 그런데 이보다 더 허탈한 때가 있다. 죽도록 올라가 층수를 보니 오히려 한 층 더 올라온 거다. 그때의 안타까움은 말로 다 할 수 없다.

트럭 운전만큼 신경 쓰이는 게 수레 관리다. 우리는 가는 골목마다 최대한 가까운 곳에 트럭을 주차하고 수레를 내려 그 동네 물품을 싣고 다닌다. 수레로 배송할 때는 자칫 물건을 떨어뜨리지 않도록 자주 살펴야 한다. 그리고 물건을 많이 실었을 때는 작은 굴곡과 경사에도 물건이 쏟아지기 쉽기에 조절을 잘해야 한다.

수레를 세워놓을 때도 다른 곳으로 굴러가지 않도록 경사와 높낮이를 잘 살피지 않으면 안 된다. 처음에는 수레를 놓고 물건 들고 몇 층 올라가다가 수레 미끄러져 가는 소리를 듣고 황급히 뛰어 내려가 골목 끝자락에서 겨우 붙잡고 가슴을 쓸어내리기도 했다. 사람을 치거나 다른 물건 또는 주차한 차라도 긁으면 정말 낭패를 볼 일이었다.

요즘 시대 변화를 따라잡지 못하고 옛 추억이나 떠올리는 중년 남자를 '아재'니 '꼰대'니 쉽게 말하는 게 유행처럼 되었다. 물론 조심해야 한다. 그러나 내가 택배 현장에서 만나는 아재들은 자기 몸이 아파도 제대로 쉬지 못하면서 우직한 소처럼, 운명처럼 또 하루의 과업을 해내는 어깨가 무거운 가장이었다. 청년은 청년대로, 전업주부는 전업주부대로, 워킹맘과 아재들도 그 나름의 자리를 지켜내느라 남이 알지 못하는 고된 짐을 지고 있다. 그러나 언젠가 '그때 어려움을 정말 잘 견뎠구나' 스스로 칭찬할 날이 올 것을 믿고 오늘 하루 힘을 내자.

"수고하고 무거운 짐 진 자들아 다 내게로 오라.
내가 너희를 쉬게 하리라."

마태복음 11장 28절

택배 대리점에는
택배 기사만 있는 게 아니다

공포의 절임 배추 이야기는 아직 끝나지 않았다. 김장철이 끝물에 다다르면 더 많은 절임 배추가 몰려온다. 어느 날도 한 집에 배송될 다섯 상자의 절임 배추와 부속 야채 두 상자가 내게 전달되었다.

그런데 그중 두 개는 밖의 상자가 다 터지고 소금물에 절인 배추가 드러나 감싼 비닐이 위태위태한 상태로 왔다. 다행히 내용물이 터지지는 않아 봉합 수술을 준비했다. 아침에 우리 기사들은 함께 일하며 서로의 일을 다 보기 때문에 필요한 도움을 아끼지 않는다.

건너편 동료 기사가 이럴 때를 대비해 준비해둔 큰 비닐 두 개를 꺼내 갖고 와서 거기에 배추 상자를 넣

김장철이면 택배 기사들을
긴장시키는 절임배추 택배.

고 테이프로 여러 겹 칭칭 동여맸다. 말이 나온 김에, 기사들은 배송 일을 위해 각자 준비하는 비품들이 있다(물론 개인마다 조금씩 다르긴 하다). 박스 테이프와 매직은 기본이고 예전에 나는 긴급 수술을 위한 여러 종류의 비닐, 볼펜과 메모지, 칼, 물휴지 등을 항상 구비해 두었다.

가끔 신문지까지 요긴할 때가 있다. 냉동식품 상자에서 물기가 계속 흘러나올 때 신문지를 깔면 안심이 된다. 파손된 물건 상자를 대신할 크고 작은 상자들이 필요할 때도 있지만, 대부분은 터미널을 한 번 돌면 어딘가에서 구할 수 있어 따로 보관하지는 않는다.

아무튼 나머지 세 상자도 조금씩 터지긴 했지만 박스 테이프로 조금씩 붙여두니 아무렇지 않다. 다만 아무리 수선했어도 터진 상자 위에 무거운 것을 올려놓으면 안 되기에 쌓을 때 한 번 더 주의를 기울인다. 이제 출동 준비는 끝이다.

요즘 일하는 동네는 골목이 정말 좁아 차 세울 데가 거의 없다는 게 가장 큰 어려움이다. 차 빼달라는 독촉 전화를 받느니 큰 길가나 조금 넓은 도로에 일찌감치 주차해 놓고 아예 수레로 여러 번 다닐 생각을 한다.

그날도 주차한 후 다른 집에 먼저 가기보다는 절임 배추부터 배송해 놓으면 속이 시원할 것 같았다. 그래서 아예 절임 배추와 부속 야채 상자 7개만 꺼내 그곳부터 가기로 했다. 차에서 배추를 내려 수레에 싣고 골목을 가로질러 50m 정도 거리에 위치한 연립주택에 도착해 상자를 3층의 고객 집까지 하나씩 짊어지고 나르기 시작했다.

첫 번째 상자를 갖고 올라가 집 앞에 턱 내려놓으니 인기척을 듣고 연세 지긋한 어르신이 나와 "벌써 왔네요. 높은 곳까지 올라오라고 시켜서 미안해요" 하시더니 박카스와 함께 방에 들어가 점심값 하라며 한사코 2만 원을 쥐어주신다.

사람 마음이라는 게 간사해서 조금 전까지 낑낑 올라올 때만 해도 있던 가벼운 불평이 안개 걷힌 듯 사라지고 미안하고 감사한 마음 가득했다. 돈보다 이심전심, 사람 사는 재미가 이런 게 아닌가 싶다. 혼자서 웬 김장을 이렇게 많이 하시냐니 자식들 것까지 다 해주려고 하신단다. 김장 때 다시 경험하는 엄마의 마음이다.

연말이 되면 한 해의 수고를 서로 위로하고 새해를 미리 자축하는 대리점 회식이 있다. 일년 내내 배송하는 정식 기사도 아니어서 갈까 말까 했는데, 점장도, 사무실 직원들도 내게 빠지면 안 된다고 꼭 오라고 해서 배송을 일찍 마치고 즐거운 마음으로 참석했다.

우리 대리점 기사는 50명 넘는 제법 많은 인원이지만 늘 자기 자리 주변 기사들만 만나기 때문에 다른 쪽에서 일하는 동료들은 별로 만날 일이 없다. 그러나 그날 회식 자리에는 30명은 족히 넘어 보이는 동료들이 식당을 가득 채웠다.

일찌감치 테이블마다 자리 잡고 고기를 굽고 먹고 마시고 떠들썩했다. 나도 늘 함께 일하는 가까운 동료뿐 아니라 거의 눈인사밖에 할 수 없던 동료들과도 오가며 서로의 소식을 주고받고 격려했다. 계속해 온 건 아니지만 그래도 2015년부터 일을 시작했기에 이름을 전부 알지는 못해도 적어도 모르는 사람은 없다. 내가 처음 일을 배울 때 사수처럼 데리고 다니며 길을 익혀주고 이것저것 가르쳐준 젊은 사부님도 오랜만에 만나 반갑게 포옹하고 악수했다. 그리고 이제는 나도 신입기사를 태워서 택배의 기본기를 가르쳐주는 조교(?)가 되어 후임도 몇 명 있다. 잘 견뎌주고 있어 고맙다. 내게는 특별한 마음이 드는 사람들이다.

우리 대리점의 식구는 이들만이 아니다. 매일 아침

물품 정리를 도와주는 10여 명의 아르바이트 동료들이 있다. 그리고 매일 아침 8시 안팎이면 계약한 기사들에게 건강식품을 배달하는 여사님도 있다. 하도 오래전부터 매일 봐와서 서로 친하다.

황량한 현장에 나타나 레일을 따라 돌며 고객(기사)과 만나 안부를 묻고 건강을 챙겨주고 덕담을 건넨다. 그분을 볼 때마다 목사가 성도들을 심방하는 일과 참 비슷하다는 생각을 많이 한다. 심방은 목회자가 교인 집이나 직장을 방문해 위로, 격려, 기도하는 일이다. 예전에 아르바이트생이 없을 때는 레일 위에 가득 쌓여 미처 가져가지 못한 물건을 밀어주기도 했다. 여사님이 나타나면 우리는 괜히 허리가 아프다, 무릎이 아프다 엄살을 떤다. 그러면 누이처럼 이런 운동을 해라, 저런 걸 먹어봐라 챙겨준다. 고향이 대구란다.

몇 년 전 동료들이 나를 목사님이라고 부르는 소리를 여사님이 듣고 그 이후부터 녹즙, 배즙, 마늘액 등을 자꾸 갖다주신다. 안 주셔도 된다니 당신도 기독교인이라면서 기쁘게 하는 것이니 아무 말 말고 드시고 생각나면 기도해 달라고 한다.

또 있다. 한 주에 한두 번씩 보험을 권하는 광고 쪽지와 함께 막대사탕, 강정 같은 것을 나눠 주시는 여사님도 있다. 매일 오지는 않아 녹즙 여사님만큼 친하지는 않지만, 여사님도 우리 현장의 동료임에는 틀림이 없다.

그러고 보면 두 분 더 있다. 3층에 올라가면 구내식당이 있다. 회사의 외주로 입주해 매일 가정식 뷔페 음식을 5,000원에 제공한다. 사실 우리는 그날 물량의 많고 적음에 따라 식사 시간이 영향을 받아 구내식당을 이용하는 기사가 그리 많지도, 일정하지도 않다.

그래도 주인 부부는 항상 정갈하고 성실하게 차려 놓는다. 더구나 가성비가 훌륭해 밥과 국까지 10찬에 가깝다. 지난여름 일을 마치고 늦은 오후, 점심 겸 저녁을 먹고 있는데 식당 여주인과 사무실 직원이 하는 얘기를 듣게 되었다.

그분에게 암이 발견되어 곧 수술을 하려고 마침 그날까지만 일하게 되었단다. 식사를 마치고 그분에게 가서 수술 잘 되기를 바란다고 힘내시라고 덕담을 하고 나왔다. 그런데 최근 다시 나가보니 식당이 다시 열렸다. 초기라서 수술을 잘 마치고 많이 회복되어 지금은 몸이 좋아졌다고 한다. 너무 반갑고 감사했다.

우리 주변에서 익숙하게 만나는 그렇고 그런 사람들이 참 많다. 크게 깊은 관계도 아니고 큰 인연이 있는 것도 아니다. 그런데 생각해 보면 그분들이 늘 그 자리에 있어서 우리의 일상도 잔잔히 지켜지는 게 아닐까? 돈을 주거나 받는 것과 상관없이 건네는 한마디의 덕담과 염려를 들을 때 '아, 내가 관심 받고 있구나' 하는 걸 느낀다.

"여호와는 너를 지키시는 이시라. 여호와께서 네 오른쪽에서
네 그늘이 되시나니, 낮의 해가 너를 상하게 하지 아니하며
밤의 달도 너를 해치지 아니하리로다."

시편 121편 5~6절

택배 하기 딱 좋은 신체 조건

몸을 써서 일하는 사람에게는 자신이 가진 신체 조건이 중요할 때가 많다. 큰 기계를 다루거나 높은 곳에 물건을 쌓는 일을 하는 사람은 말할 것도 없이 키가 크고 덩치가 좋은 게 유리할 것이다. 그러나 모든 일이 꼭 크거나 건장해야 좋은 것은 아니다. 엎드리는 일을 반복하거나 작은 공간에서 일해야 하는 사람은 당연히 체구가 작은 쪽이 편할 수 있다.

그러면 택배 일은 어떤 사람이 유리할까? 택배 일도 힘을 많이 쓰는 일이라 보통 키 크고 덩치가 좋은 사람이 잘할 것이라고 생각하기 쉽다. 내가 경험한 바에 의하면 꼭 그렇지 않다. 실제로 택배 기사들은 키나 덩치가 큰 사람이 많지 않고 어디서나 흔히 볼 수 있는 일반적인 체격을 가졌다. 물론 택배는 힘쓰는 일이 많아서 너무 체구가 작으면 힘겨울 것이다. 특히 크고 무거운 물건이 많아 일반적으로 여성에게 수월한 일은 아닐 것 같다.

그러나 택배는 신체의 크기보다는 꾸준히 힘을 쓸 수 있는 기본 체력과 지구력이 더 중요하다. 거의 모든 근육을 끊임없이 사용하기 때문이다. 물건을 들고 옮기기에 손, 팔과 가슴 등 상체를 두루 사용한다. 거기에다가 일반인들이 상상하지 못할 정도로 많이 걷는다. 처음 택배를 시작할 때 집을 못 찾고 헤매서 더 그랬겠지만, 뒤꿈치와 발가락 사이에 물집이 잡히는 일도 많았다. 만보기로 체크해본 기사들 이야기로는 몇만 보는 기본이라고 한다. 또 조금씩 가서 승하차를 반복해야 하므로 트럭에 오르내릴 때도 힘이 적지 않게 든다. 나는 다른 기사들에 비해 차에 자주 오르내리는 것보다 조금 더 걷는 편을 선호한다.

물론 일하겠다는 의욕이 가장 중요한 것 같다. 예전에, 경영하던 회사가 망해 무엇이든 하겠다며 한 기사가 새로 들어왔다. 그런데 일을 잘하고 못하고를 떠나 해보겠다는 의욕이 별로 보이지 않았다. 몸도 느리고 설렁설렁 눈치 보고, 무엇보다 거의 매일 늦어 다른 기사가 대신 일을 해줄 때가 많았다. 그럼에도 미안해서 더 열심히 하겠다는 모습을 보이지 않았다. 역시 두 달 정도 만에 그만두었다. 마지못해 억지로 하는 일은 오래가지 못하는 법이다.

내가 하루에 받아 소화하는 물량이 총 어느 정도의 무게가 될지 궁금할 때가 있다. 물론 우리가 이용하는 트럭이 대부분 1톤이니, 우리가 싣는 총 중량이 분명히 1톤에는 못 미친다. 그러나 최소한 500kg은 족히 넘을 물량을 매일 싣고 내리고 옮기다 보면 스스로 대견하게 느껴질 때가 많다. 탑재함 가득 채운 그 많던 물건들이 어느새 다 비워진 모습을 보면 뿌듯하다.

1톤 트럭만 해도 밖에서 볼 때와 짐을 실을 때는 많이 다르다. 절대 들어가지 않을 것 같은 양도 막상 탑재함에 틈새까지 줄여가며 꼼꼼히 싣기 시작하면 어떻게든 다 들어간다. 1톤 트럭이 그렇게 대단한지는 택배 하면서 알았다. 그러니 11톤 트럭은 얼마나 큰지 상상에 맡긴다. 특히 물건이 많은 화요일, 우리 터미널 앞을 줄지어 늘어선 11톤 트럭들을 보노라면 그 늠름한 위용에 기가 질리고, 대형 트럭을 자유자재로 움직이는 기사의 실력에 감탄한다. 어쩌다 11톤 트럭에 우리가 한 차 가득 집화해 온 물건을 실을 때면 우리와 비교도 되지 않을 만큼 넓고 큰 적재량에 새삼 놀란다.

택배 일에는 체격만큼이나 회복 속도도 중요하다. 아침에 물건이 몰아닥치면 숨 쉬기 힘들 정도로 버거울 때가 있다. 그럴 때가 되면 배송도 나가기 전에 녹초가 될 만큼 가쁜 숨을 몰아쉬게 된다. 그런데 정말 희한하다. 그날 배송할 모든 물건을 다 받고 내 트럭에 차분히 쌓아가는 과정에서 어느새 몸이 적응되고 방전에 가까웠던 힘이 다시 차오른다. 그렇게 적재를 다 마치고 지상으로 올라가 화장실에서 참았던 용변을 보고 달달한 믹스커피 한잔 마시고 나면 거뜬히 그날 일을 시작할 의욕이 솟아난다. 오랜 시간 같은 일을 반복하며 몸이 기억한다는 사실을 깨닫게 된다. 그렇게 몸 쓰는 일은 참 정직하고 뿌듯함을 안겨준다. 머리가 복잡하면 몸을 쓰라.

좀 우스운 얘기지만 택배 일을 하는 데 키가 작아 좋을 때가 있다. 특히 좁은 골목, 오래된 주택가가 많은 구로동, 가리봉동에서는 더욱 유리하다. 낮은 대문, 좁은 계단과 높은 난간을 올라 배송할 때가 많기 때문이다. 그럴 때 물건을 양 겨드랑이 사이나 가슴 가득 움켜쥐고 오르내린다. 나도 이렇게 겨우겨우 오르내리는데 키가 크고 체격이 좋은 기사들은 어떻게 다닐까 생각하며 혼자 뿌듯해한다. 무게중심이 낮아 흔들림이 크지 않고, 좁은 곳을 지날 때도 무난한 나는 주택가 택배에 최적화된 몸이라는 혼자만의 상상을 즐기곤 한다.

매일 같은 동네, 비슷한 주택가를 반복해서 돌다 보면 따분하고 질릴 때가 있다. 그래서 나는 일을 즐기기 위해 일부러 재미있는 생각을 많이 한다. 그러다가 혼자 웃기도 하고, 화도 낸다. 그러나 그런 나도 가끔 깜짝 놀랄 때가 있다. 주택가 배송을 위해 문을 열면 나선형으로 꼬인 좁은 계단 끝에 낮은 천장이 있다. 저 정도면 굳이 머리를 많이 숙이지 않아도 통과

동네
슈퍼

할 수 있으리라 자신했는데 뜻밖에 이마에 부딪히는 것이다. '앗, 가끔은 내 키도 너무 크구나.'

기왕에 말이 나왔으니 키 얘기를 더 해보자. 위로 누나만 넷이 있는 막내아들로 태어난 나는 부모님의 애정을 듬뿍 받았다. 그런데 나는 어려서부터 꾸준히 작았다. 당시는 한 반에 70명이 족히 넘는 콩나물 학급 시절이었는데 나는 항상 1, 2번을 오르내렸다. 대개는 키 순서로 번호를 매기기 때문에 1, 2번인데, 어쩌다 선생님이 가나다순으로 번호를 매길 때도 있다. 그러나 그때도 '구/교/형'이라는 이름은 영락없이 1~3번을 오르내린다. 고등학교 1학년 때 6번을 한 번 한 게 최고로 높은 번호였다.

한창 사춘기였던 시절 키가 작다는 사실은 오랫동안 내게 신체적인 열등감을 안겨주었다. 특히 중학생이 되니 나도 몇 안 되는 여자 선생님들이 이성으로 느껴지기 시작했지만, 그분들에게는 우리처럼 작은 학생은 그저 어린아이에 불과했다. 그럴 때마다 170cm를 훨씬 넘는 아이들이 얼마나 부러웠는지 모른다. 그러나 열등감에 사로잡혀 불평만 한다고 뭐가 달라지겠나? 고등학교 때부터 나는 생각을 바꿨다.

키 큰 사람은 오히려 허울만 멀쩡하고 싱거운 사람이고, 나처럼 작은 사람이야말로 단단하고 알찬 사람이라고 스스로 세뇌하기 시작했다. 몇 년이 지나 청년이 될 무렵에는 정말 그렇게 생각이 변해 어느새 신체에 대한 열등감이 진짜 사라져버렸다. 키 작은 것을 가지고 다른 사람에게 내가 먼저 농담을 할 정도로 자연스러워지니 사람들도 오히려 나를 함부로 하지 못한다는 걸 느꼈다.

그런데 어느새 한국인들이 커져도 너무 커졌다. 언젠가부터 180cm가 안 되는 남자는 '루저'라는 우스갯소리가 들렸다. 젊은 세대가 커지긴 했지만 그렇다고 180cm 되는 한국인이 얼마나 되랴 싶었다. 그런데 우리 교회에 속속 180cm가 넘는 청년들이 출석하기 시작하니 비로소 실감이 되었다. 나는 청년들하고 장난을 잘 쳤기에 우리는 곧잘 서로 놀리곤 했다. 내가 어느 청년 이름을 부르며 찾으니, 청년이 이리저리 찾는 흉내를 내면서 이렇게 대답한다. "목사님, 어디 계세요? 목소리는 들리는데, 왜 안 보이시죠?" 나도 일부러 손을 들고 깡충깡충 뛰면서 "나 여기 있잖아. 안 보여?" 하면, "네, 안 보여요. 분명히 소리는 들리는데."

친해서 이처럼 농담하고 장난치는 것은 얼마든지 함께 즐긴다. 그러나 외모로 사람을 함부로 평가하는 것을 보면 정중하지만 분명하게 일침을 가한다. 그것은 예의가 아니고 사람의 인격을 모독하는 것이기 때문이다. 아무튼 육체 노동이 주는 삶의 교훈은 참으로 깊고, 풍성하다.

"육체의 운동은 약간의 유익이 있으나, 경건 훈련은 모든 면에 유익하니, 이 세상과 장차 올 세상의 생명을 약속해 줍니다."

디모데전서 4장 8절(표준새번역)

목사인 나도
욕하면서 일한다

택배를 하다 보면, 욕을 제법 많이 하게 된다. 그중에서도 욕을 아예 달고 사는 동료도 보게 된다. 아침마다 물건을 정리하며 어제 만난 진상 고객의 경험을 교회의 간증처럼 들려주며 한 문장에 최소 한 번 이상의 욕설을 내뱉는 동료도 있다. 작년 다른 곳으로 일터를 옮긴 동료 기사가 특히 그랬다.

그러나 꼭 진상 고객 때문에 생긴 스트레스가 아니라도 우리는 일하며 욕을 참 잘한다. 무거운 물건을 들어 올리며 욕, 포장이 부실해 내용물이 질질 흐르는 물품을 받으며 욕, 물건 바코드가 흐려서 스캔이 잘 안 될 때 욕, 때로는 물건이 너무 자잘해 쌓기 힘들다며 또 욕….

한마디로 우리에게 욕은 진짜 나쁜 감정을 실은 부정적인 마음이 없이도, 일을 더 원활하게 해나가기 위한 추임새인 것이다. 가끔 그렇게 무심코 욕을 내뱉다가 어느 기사는 갑자기 "여기 목사님도 있는데, 욕 자꾸 해서 미안하다"라고 한다. 나는 정색을 하며 "그런 게 어딨냐? 힘들면 욕도 하고 사는 거지. 나도 욕하고 산다"라고 말한다. 사실 그렇다. 목사라는 직분상 동료들 함께 있을 때는 삼가지만, 배송 나가 혼자 일할 때는 나도 무심코 욕을 내뱉는다. 추임새처럼 말이다. 그런데 신기하게도 그때마다 스트레스가 제법 풀린다.

스트레스를 풀어주는 '욕의 미학'을 처음 이론적으로 배운 것은 1990년대 초 조정래의 대하소설 『태백산맥』을 읽으면서다. 『태백산맥』은 내용도 재미있지만, 지금까지 깊은 인상으로 남는 게 두 가지 있다. 하나는, 찰진 전라도 사투리다. 20대이던 당시에는 지방 사투리를 그다지 들어본 적이 없었다. 그런데 그 책은 배경 자체가 태백산맥을 낀 전라도 지역이라 대화 전체가 온통 전라도 사투리다. 처음에는 한눈에 들어오지 않아 외국어 독해하듯이 이해하느라 진도가 잘 나가지 않았다. 그런데 차츰 익숙해지고 읽다 보니 그 사투리가 그렇게도 재미있을 수가 없었다. 일부러 소리 내어 발음해 보기도 하니 읽는 재미가 배가 되었다.

또 하나가 바로 숨 쉬는 것만큼 자연스럽게 나오는 찰진 욕설들이다. 그때 욕이 꼭 나쁜 게 아니라 자기 생각과 감정을 가장 정확하게 표현할 수 있는 단어가 될 수 있음을 느꼈다. 다른 단어로는 그 느낌을 전달할 수 없다. 그 상황에서 가장 정확한 느낌은 딱 그 욕밖에는 없다. 너무 오래전에 읽은 책이라 지금은 갖고 있지 않은 게 아쉽다.

이런 생각을 하다 보니, 문득 청소년들이 거리에서 친구들과 너무나 아무렇지 않게 원색적인 욕설을 내뱉는 모습이 떠올랐다. 전에는 그저 '철딱서니'라고만 생각했는데, 다시 생각해 보니 아이들도 가장 정확한 단어를 선택해 말하는 것일 뿐이라는 생각도 든다. 나이가 들면 점점 스스로 조심하게 될 텐데, 미리 너무 염려할 필요는 없는 것 같다.

그런데 성경에서도 그런 표현이 상당히 많이 나온다. 그건 욕설이라기보다 오히려 그보다 더 심한 저주의 표현들이다. 성경에는 시편이라는 책이 있는데, 그 중에 심지어 '저주 시편'이라고 부르는 내용이 드물지 않다. "내 생명을 찾는 자들이 부끄러워 수치를 당하게 하시며 나를 상해하려 하는 자들이 물러가 낭패를 당하게 하소서. … 멸망이 순식간에 그에게 닥치게 하시며 그가 숨긴 그물에 자기가 잡히게 하시며 멸망 중에 떨어지게 하소서."(시편 35편 4, 8절)

그러나 그중에 가장 압권은 여기 있다. "그의 연수를 짧게 하시며 그의 직분을 타인이 빼앗게 하시며, 그의 자녀는 고아가 되고 그의 아내는 과부가 되며, 그의 자녀들은 유리하며 구걸하고 그들의 황폐한 집을 떠나 빌어먹게 하소서. 고리대금하는 자가 그의 소유를 다 빼앗게 하시며 그가 수고한 것을 낯선 사람이 탈취하게 하시며 … 그의 자손이 끊어지게 하시며 후대에 그들의 이름이 지워지게 하소서."(시편 109편 8~11, 13절)

성경 속 이런 기도와 노래는 그 외에도 제법 많다. 아무리 자신에게 잘못했기로서니 상대방만 아니라 그의 가족까지 거침없이 저주하는 내용이 성경에 당당하게 실려 있다는 게 놀라운 일 아닌가? 나 역시 이런 저주 시편을 보며 많이 당황했고, 어떻게 이해해야 할지 혼란스러웠다. 그러나 내가 말할 수 없는 어려움을 당해보니 이 저주 시편이 얼마나 유용한 건지 자동적으로 이해되었다.

우선, 성경에 이런 게 기록되었다는 것은 하나님도 내(인간) 사정을 알고 계시다는 증거로 더할 수 없이 큰 위로가 되었다. 내가 죽도록 힘든 그 사정을 다른 누군가 깊이 공감해 주면 그것만으로도 얼마나 큰 힘이 되는가? 더구나 그가 하나님이라면.

그러나 더 실제적인 역할이 있다. 자신에게 참을 수 없이 큰 고통과 배신을 준 사람을 저주하는 기도를 밤낮 쏟아놓다 보면 어느새 마음이 누그러진다. 그리고 어떻게든 원수를 갚으려던 마음은 슬그머니 사라지고 마음의 평정을 되찾게 된다. 그렇다. 사람은 항상 자기 위주라서 자기 감정에 빠져 극에 달했을 때는 어떤 일을 벌일지 모른다. 그런데 혼자서 원수를 향해 입에 담지 못할 욕설과 저주를 퍼붓다 보면(성경에서는 그게 기도다), 가슴 깊이 응어리진 살의(殺意)가 누그러지고, 당장 변하지 않는 현실조차 견디고 이겨낼 힘이 차오르는 걸 느낄 수 있다. 더구나 사적인 보복은 또 다른 악순환을 불러일으키는 일이 많은데, 혼자 저주 기도를 하다가 보복의 계략을 슬그머니 내려놓게 된다.

그래서 성경은 사람이 억울한 일을 당했다고 사사로이 보복하지 말고 하나님이 정당히 풀어주실(심판하실) 날을 기다리라고 한다(로마서 12장 17~19절). 오죽하면 하나님을 '복수하시는 하나님'이라는 별명으로 부르기까지 한다. "여호와여 복수하시는 하나님이여 복수하시는 하나님이여, 빛을 비추어 주소서. 세계를 심판하시는 주여, 일어나사 교만한 자들에게 마땅한 벌을 주소서."(시편 94편 1~2절)

인생의 위기를 어떻게 이겨내면 좋을까? 앞에서 말했듯 힘든 육체 노동은 생각과 마음을 단순하게 비우는 데 큰 도움이 된다. 그런데 한편 내 마음속에 켜켜이 쌓아둔 분노와 부정적 에너지는 어딘가 쏟아놓지 않으면 몸도, 영혼도 더 크게 병들게 된다. 그렇다고 함부로 표출할 수도 없다. 그럴 때 기독교인은 '하나님께' 저주 기도를 하는 거다. 그렇지 않은 사람은 '혼자서' 욕설이라도 쏟아내면서 당장 불타는 분노와 절망을 이겨내는 거다. 그런 면에서 택배 기사들의 욕설은 반드시 특정인(갑질, 진상 고객)을 향한 것이 아닐 때가 더 많다. 답답한 자신의 모습을 털어버리고, 당장 힘든 상황을 욕하면서 견뎌내는 것이다. 배설 욕구와 비슷한 것이다.

다만, 무슨 일이든 지나치면 오히려 해롭다. 욕은 더 그렇다. 그래서 '적당히'가 중요한 것 같다. 욕설이 아예 습관이 되면 마음은 더 황폐해지고 자기가 잘못해 놓고도 모두 남 탓하기에 급급하게 된다. 그렇게 되면 카타르시스나 절망 극복이 아닌 구조적 분노와 원망에 갈수록 더 빠져들 수 있다.

나이가 더 들어가니 무엇을 해도 다 인생의 교훈이 된다는 게 신기하다. 살아갈수록 인생이 참 묘하다는 걸 느낀다. 최근 몇 년 사이 배송 환경도 많이 좋아졌다. 도로명 주소 실시, 앱 기능의 향상과 무엇보다 몇 년 전부터 아침 물품 정리를 도와주는 아르바이트생이 투입된 것이 기사의 수고를 많이 덜어준다. 이제는 기사들이 애써 자기 물건 찾아내느라 컨베이어 벨트에 들러붙어 물건 주소를 뚫어지도록 쳐다보지 않아도 아르바이트생들이 일일이 찾아내 갖다준다.

그런데 참 묘하다. 몸이 편해지니 욕설은 줄어들었는데, 동료 기사들과 서로 물건도 찾아 던져주고 그러면서 잡담도 하던 끈끈한 정도 함께 사라지는 것 같아 아쉽다. 미운 정 고운 정이라는 말은 맞았다. 애정도, 사랑도, 행복도 그저 좋은 일들의 연속이 아니라 힘겹고 고단하고 때론 긴장되는 일들이 섞여 있지만 그것을 함께 극복하는 과정에서 생겨나는 것 같다. 여러분의 욕하게 되는 인생을 응원한다.

택배 기사를 어떻게 부르시나요?

목사가 택배 기사로 일한다는 게 처음부터 익숙했던 건 아니었다. 나는 1993년 신학대학원을 졸업하고 사회에 나와 바로 경제정의실천시민연합(당시 서경석 사무총장) 간사 일을 시작으로 최근까지도 목회 일 외에도 시민단체 실무자 일을 해왔다. 이러한 경험은 교회 밖의 경험을 별로 할 기회가 없는 일반 목회자에 비해 사회에 대해 더 유연한 인식과 자세를 갖게 해 준 것 같다. 그래서인지 목회를 하면서도 교인 외에 주변 이웃과도 큰 어려움 없이 잘 지낼 수 있었다. 우리 교회는 행사 물건이나 사은품, 선물 같은 게 생기면 같은 상가와 주변 이웃들과 나누는 게 자연스러웠다.

그런데 막상 택배를 시작하니 내가 얼마나 거품이

많은 사람이었는지 알 수 있었다. 일단 호칭이 거슬렸다. 지금은 그렇게 부르는 사람이 없지만 처음 일을 시작했던 2015년 무렵에는 "아저씨!"라고 부르는 고객이 적지 않았다. '아저씨', 이상할 게 없다. 나도 누군가를 향해 많이 불렀던 호칭이니까. 그런데 그동안 '목사님', '○○님'으로 불려왔던 내가 '아저씨'라고 불리니 괜히 자존심이 상하고, 기분이 나빴다. 목사가 무슨 벼슬도 아닌데, 스스로 목에 힘주고 살았다는 생각을 새삼 하게 되었다.

물론 호칭만큼이나 함부로 대하는 분들이 적지 않았다. 돈을 받으니 함부로 해도 된다는 생각이 느껴졌다. 초보라 열심히 헤매는 중인데 조금 늦어지면, 몇 시까지 온다고 문자 왔던데 왜 안 오냐며 전화통에 불이 난다. 원하는 위치에 놓지 않았다고 손가락으로 가리키며 잔소리를 한다. 이때 부르는 호칭이 모두 '아저씨'다. 그럴 때는 나도 심사가 뒤틀려 처음에는 제법 다투기도 했다. 물론 돌아서면 한없이 후회한다. 아니, 목사랍시고 여기저기서 좋은 설교를 해댔던 내 실체를 고발당한 것 같아 누가 뭐라지 않아도 얼굴이 화끈거렸다.

자주 가는 큰 교회가 있었다. 큰 교회이니만큼 물량도 많고 부피도 늘 컸다. 수신처가 교회 내 어느 기관이거나 담당자로 되어 있지만 그걸 우리가 일일이 찾아 주는 건 아니고(택배는 宅配다. 개인을 찾아 주는 것이 아니라 집 앞에 놓고 가는 것이다.) 분실 염려도 없기 때문에 보통은 사무실 앞 큰 로비에 놓고 간다. 그런데 가끔은 누군가 다시 부르며 다른 곳으로 옮겨달라고 한다. '이 많은 걸 다시 옮기라니!' 그럴 때 은근슬쩍 내가 목사라는 걸 밝히면 여기 직원들이 얼마나 놀라고 미안해할까 유치한 생각을 한다.

누구나 직장에서는 무슨 일이 있었다고 해도, 퇴근 후에는 다 잊고 쉬고 싶다. 직장에서 있었던 일, 기분을 집에까지 가지고 오고 싶지 않다. 택배 기사는 더욱 그렇다. 어느 날 퇴근 후 씻고 쉬고 있었다. 전화벨이 울렸다. 퇴근 후 울리는 낯선 번호의 전화는 십중팔구 고객 문의(항의) 전화다. 받기 전부터 신경이 날카롭다. 가족이 없는 방으로 들어가 문을 닫고 받는다. 배송한 물건이 없단다. 미안하지만 벌써 집에 들어왔으니 내일 다시 가서 찾고 연락드리겠다고 했다. 못 찾으면 손해 없이 재주문할 수 있게 해준다고 했다. 그런데도 오가는 대화에서 짜증이 섞였나 보다.

전화를 끊은 후 마루로 다시 나오니 20대 딸이 한마디 한다. "아빠는 택배 일하면서도 목사라는 마음을 버리지 못하는 것 같아. 지금은 택배 기사라는 걸 인정하고 일하면 좋겠어. 나는 아빠가 택배 기사로 열심히 일해서 가족을 위해 필요한 돈을 버는 게 자랑스러워." 딸이 아니라 헛된 자만심에 빠져 있는 사람에게 하시는 하나님의 음성으로 들렸다. 나중에는 고마웠지만, 처음 딸에게 그런 소릴 들었을 때는 차마 부끄러워 뭐라 뭐라 변명을 했던 것 같다. 그러나 평생 잊지 못할 교훈이었다.

이참에 호칭에 대해 조금 더 이야기해야겠다. 실제로 호칭은 별것 아닌 게 아니라 매우 중요한 것이다. 특히 우리나라처럼 이름을 부르지 않고 호칭으로 자신과 상대를 평가하는 사회에서 호칭은 실제 상대를 대하는 태도로 나타난다. 그런 모습이 가장 노골적으로 드러나는 곳이 장사하는 곳이고, 특히 음식점이다.

20년 전만 해도 주인을 '어이, 이봐'로 부르는 손님이 적지 않았다. '아저씨, 아줌마'를 거쳐 이제는 '사장님, 이모, 삼촌'이 일반적이다. 호칭을 바꾼다는 건 태도가 달라졌다는 말이다. 실제로 그렇다. 지금은 보통 강심장 갑질 전문 손님이 아니고는 주인에게 하대하며 반말 조로 '이래라, 저래라' 하는 모습을 거의 보기 힘들다. '기사님, 사장님'이라고 부르면 말투가 달라질 수밖에 없다.

특히 전화 전문상담원의 어려움은 말로 다할 수 없을 것이다. 직접 얼굴을 볼 수 없고 대개 여성이기 때문이다. 반말, 폭언, 욕설은 물론 성희롱도 예사로 듣는다고 한다. 그런데 언젠가부터 상담원과의 통화에 앞서 이런 멘트가 나온다. "여러분과 통화할 상담원은 누군가의 소중한 딸, 엄마입니다." 어떨 때는 "상담원은 소중한 우리 엄마예요"라는 아이 목소리가 들려오기도 한다. 누구 아이디어인지 참 좋은 생각이다. 그 목소리를 듣고도 함부로 할 철면피는 없을 것이다. 갑을의 위치는 고정된 게 아니라 항상 바뀐다. 값을 지불했다는 말이 갑질을 해도 된다는 뜻은 아니다.

다시 기사들 얘기다. 서로 민증까지 확인하지는 않지만, 나는 비슷한 또래처럼 보이면 무조건 "형님"이라고 불렀다. 그게 편했다. 그중 제법 큰 사업을 하다가 다 망해 그때 이빨도 많이 빠지고 택배 한 지 20년이 넘은 서너 살 위 동료가 있었다. 같은 기독교인이었다. 그분은 아침마다 나를 보면 와락 안고 "목사님, 사랑해요." 속삭이며 진한 포옹을 한다. 기독교인이든 아니든 목사가 가까이에서 자신과 같은 일을 한다는 게 그들에게 힘이 된다는 걸 느낄 때가 많다. 그럴 때마다 나는 말할 수 없는 감동을 느낀다. 내가 할 수 있는 최선의 보답은 힘들어도 그들에게만은 가능한 대로 잘 웃고 격려가 되는 좋은 얘기를 많이 해주는 것이라고 생각한다.

사실 동료들의 도움을 더 많이 받는다. 그들은 나와는 비교할 수 없을 정도의 택배 도사들이다. 10년은 보통이고, 20년, 30년 한 분들도 적지 않다. 그런 분들 앞에서 신출내기 초짜가 얼마나 어설프고 모르는 게 많았을까? 가장 중요한 애플리케이션의 사용법, 물품 분실과 파손 등 사고 처리법, 민원 대처법 등 잘 모르는 게 있을 때마다 물었고, 그들은 최선을 다해 가르쳐주고 시간 내어 일일이 보여주었다. 덕분에 나도 빠르게 익힐 수 있었고, 또 다른 후배 기사들에게 전달할 수 있을 정도가 되었다.

그곳에서 새롭게 깨우친 사실은 사람들이 목사와 교회를 싫어한다는 말을 많이 하지만, 꼭 그런 게 아니라는 것이다. 그보다는 자신들 가까이에서 자신들의 고단한 삶을 이해하는 목사와 문턱 낮은 교회를 보고 싶은 것 같다. 2021년 기사 일을 그만두었을 때 가까이 지냈던 어느 기사에게서 어느 날 느닷없이 문자가 왔다. 자신을 위해 기도해 달라고, 언제 교회에 한번 가겠다고, 헌금을 하려 하니 계좌번호 알려달라고. 택배 일을 잠시 쉴 때도 나는 가까운 몇몇 동료 기사들에게는 가끔 응원 문자를 보낸다. 특히 비나 눈이 많이 오거나 덥거나 추울 때 더욱 그렇다. 몸은 떨어져 있지만 여전히 같은 현장의 동료라는 것을 잊지 않는다. 그들 덕분에 나는 교회를 넘어선 산지식을 많이 배운다.

“너희 중에 큰 자는 너희를 섬기는 자가 되어야 하리라.
누구든지 자기를 높이는 자는 낮아지고 누구든지 자기를 낮추는 자는 높아지리라.”

마태복음 23장 11~12절

2장

택배 기사는 무엇으로 사는가

가리봉동 골목을 누비며

처음 택배 배송을 시작해 가장 오랫동안, 그리고 지금도 늘 그 근방을 맴도는 구역이 가리봉동을 비롯한 옛 구로공단 주변이다. 나도 서울 출신이긴 하지만, 성내동, 천호동, 경기도 성남과 광주 등 주로 남동쪽에서 성장했고, 결혼 후에는 광명, 안양 쪽에서 20년 넘게 살았다. 안양천 건너 구로동 쪽은 특별한 연고가 없어 지나다니면서도 큰 관심이 없던 곳이었다.

그러나 지금은 매일 출퇴근하는 택배 회사 구로 대리점이 이름부터 역사가 묻어나는 '수출의 다리' 교각 아래에 위치해 있고(지금의 가산디지털단지 중심), 배송 구역은 공단 노동자들이 거주하던 가리봉동 중심이기에 그곳의 역사와 문화가 새삼 새롭게 다가왔다.

이번에는 우리나라 수출중심 성장 시대를 상징하던 그곳 이야기를 해보려고 한다.

경제개발 시대의 상징과 같이 여겨지던 '구로공단'이라는 이름도 역사 속에서 사라진 지 제법 오래되었다. 5.16 군사 정변 이후 새로 집권한 박정희 정부는 국가 수출주도 정책을 추진하기 위해 전국 곳곳에 수출 산업단지를 조성하기 시작했다. 서울을 대표하는 구로공단 세 개 단지도 1965년 그런 목적으로 착공되고, 1973년 완공되었다. 구로공단의 주력 상품은 섬유와 봉제 등 의류 가공품이었다. 1960년대부터 농촌을 떠나 돈벌이를 위해 도시로 이주하는 젊은이들이 공단 지역에서 노동자로 일했다. 이들은 이름 없는 '공돌이, 공순이'로 불리며 고된 노동을 견뎠고 대한민국의 산업화와 수출입국의 토대를 놓았지만, 경제발전의 공로는 정치권과 재벌들에게로 돌아갔다.

전태일 열사 분신을 거쳐 1970년대 중반에 들어서면 노조 운동을 통해 노동조건과 삶의 현실을 개선하려는 요구들이 늘어났다. 1979년 YH무역 파업사건이 당시 대표적인 노동운동 사건이다. 일부 진보적인 기독교계에서도 노동자들의 교육, 노조 운동 등을 돕기 위해 산업선교에 힘을 기울였다. 그러한 구로공단의 뜨거운 열기는 1980년대까지 계속되지만, 세계 경제와 국내 경제구조의 변화와 더불어 서서히 식어간다. 영화 〈구로 아리랑〉(1989년/이경영, 옥소리, 최민식 출연)과 〈박하사탕〉(2000년/설경구, 문소리, 김여진 출연)은 구로공단과 가리봉 공단촌을 배경으로 그 시절 시대와 역사의 아픔을 그린 작품이다.

당시 '노래를 찾는 사람들'이 부른 민중가요 〈사계〉 역시 죽어라 미싱 돌려 만들어낸 멋진 옷을 정작 자신들은 입어보지도 못하는 어린 누이들의 이야기를 담은 노래였다.

1. 빨간 꽃 노란 꽃 꽃밭 가득 피어도
하얀 나비 꽃 나비 담장위에 날아도
따스한 봄바람이 불고 또 불어도
미싱은 잘도 도네 돌아가네

2. 흰구름 솜구름 탐스러운 애기구름

짧은 샤쓰 짧은 치마 뜨거운 여름
소금땀 비지땀 흐르고 또 흘러도
미싱은 잘도 도네 돌아가네

3. 찬바람 소슬바람 산너머 부는 바람
간밤에 편지 한 장 적어 실어 보내고
낙엽은 떨어지고 쌓이고 또 쌓여도
미싱은 잘도 도네 돌아가네

4. 흰눈이 온세상에 소복소복 쌓이면
하얀 공장 하얀 불빛 새하얀 얼굴들
우리네 청춘이 저물고 저물도록
미싱은 잘도 도네 돌아가네

그러나 2000년대 들어 구로공단과 가리봉동은 한국 경제구조의 변화에 따라 연결고리가 해체되어 제각각의 모습으로 변해갔다. 1997년 IMF 구제금융 사태를 지난 후 한국은 급속한 산업구조 재편에 들어갔다. 2000년 정부는 새로운 성장동력으로 IT 산업을 일으키려고 했고, 봉제공장 중심의 구로공단은 그 운명을 다하고 디지털산업단지로 탈바꿈되었다. 그리고 구로공단 노동자들의 삶터였던 가리봉동 주거지역은 공단 노동자 대신 취업을 위해 한국에 건너온 중국인, 조선족들이 자리 잡기 시작하여 지금에 이르고 있다. 이에 따라 구로공단을 둘러싸고 있던 지하철역 이름들도 속속 바뀌었다. 내가 2004년 광명으로 이사한 지 얼마 지나지 않아, 구로공단역은 구로디지털단지역(2004년)으로, 가리봉역은 가산디지털단지역(2005년)으로 각각 개명하여 시대의 변천을 뒤따랐다.

그러나 국가 정책과 사회의 추세가 아무리 변해도 오랜 시간에 걸쳐 만들어진 시대의 흔적은 그렇게 단번에 사라지는 게 아니다. 내가 택배 일을 처음 시작한 2015년 무렵 가산역 근처에도 간간이 빨간 벽돌로 담이 쳐진 옛 공단의 공장 건물들이 제법 남아 있었다. 주변의 높고 깔끔한 현대식 빌딩과는 어울리지 않는 초라한 모습이었지만, 여기가 바로 구로공단이었다는 사실을 웅변하는 자존심과 같았다. 물론 지금도 가산역 주변 옛 공단 건물이 전혀 남아 있지 않은 것은 아니지만, 애써 눈여겨보며 찾아야 할 정도다.

반면, 공단 노동자들의 주 거주지였던 가리봉동 주택가는 어렵지 않게 옛 모습을 찾아볼 수 있다. 수출의 다리를 건너 마리오 아울렛을 지나면 가리봉 오거리가 나오고 그 도로 왼편의 가리봉 1동 지역은 가리봉 시장 골목 주변에 여전히 허름한 다가구 주택들이 많이 남아 있다. 영화 〈범죄도시〉 1편의 주 무대다. 처음 택배를 시작할 때 탑차 트럭을 그 골목에 어떻게 끌고 들어가, 어디에 차를 세우고, 어떻게 배송할까 모든 게 두렵고 힘들었던 기억이 지금도 생생하다. 탑차는 좁은 골목만이 문제가 아니다. 골목의 가게 천막에도 닿기 쉬워 늘 백미러를 들여다봐야 했다. 물론 지금은 넓이, 높이, 길이 등 모든 게 익숙해져서 다니기에 아무런 문제가 없지만 말이다. 언덕 쪽에 있는 성프란치스코 수녀회 주변 주택가에는 공단 시절 '벌집'(집 한 채에 미로처럼 방들을 만들고 화장실이 한두 개뿐인 가옥 형태)이라고 불렸던 가옥들이 지금도 여럿

남아 있다. 물론 지금은 돈 벌러 온 중국인과 1인 가구 젊은이들이 많이 산다.

남구로역 왼쪽 언덕에 위치한 가리봉 2동 지역은 그보다 훨씬 좁고 복잡하다. 골목은 1동보다 훨씬 좁고 가파르며 그래서 일방통행이 많다. 처음엔 배송을 위해 지도만 보고 골목에 들어섰다가 어디서 돌아야 하는지를 몰라 수십 분 동안 같은 지역을 계속 돌며 진땀을 흘렸다. 이 동네의 특징은 영일초등학교 뒤편에 빌라, 연립 등 4~5층짜리 다가구주택이 많다는 점이다. 택배 기사들이 가장 두려워하는 조건이다. 기본적으로 엘리베이터가 없고 다가구주택이 밀집되어 있어 이쪽 구역에 들어서면 물건을 들고서 한 시간여 동안 계단들만 수없이 오르내려야 한다. 그걸 매일 반복한다. 확신컨대 다리 힘 기르는 데는 택배만 한 게 없다.

2015년과 코로나가 한창이던 2021년에는 주로 가리봉동과 구로 1, 2동을 배송했다. 2021년 이후에는 교회 개척 등을 위해 배달 기사를 그만두었지만, 회사에 일손이 부족할 때는 다시 부름을 받는다. 얼마 전에도 어느 배달 기사가 그만두고 다른 기사를 찾는 동안만 도와달라고 요청받아 구로디지털단지역 근방 건물들과 먹자골목을 돌며 배송하기도 했다. 멋모르고 시작한 택배 일이 공교롭게도 옛 구로공단 지역만을 찾아다니는 게 되었다. 그런데 원래 역사와 시대에 대한 관심이 많은 터라 의외로 흥미롭다. 물론 이 정도쯤 되니 생각도 하며 즐기게 된 것이지, 처음에는 매일 아침마다 전쟁터에 끌려 들어가는 초년병의 심정이었다.

어린 나이에 고향과 가족을 떠나 졸린 눈 비비며 피곤에 절어 미싱을 밟아댔던 30~40년 전 누이들이 일하고 쉬던 자리에, 이제는 '늘 떠나야지' 다짐하면서도 가장의 책임을 생각하며 떠나지 못하는 40~50대 아재들이 배송을 위해 오늘도 트럭을 몰고 골목마다 누비고 다닌다. 그런 사람을 만나거든 박카스 한 병 건네주면 좋겠다. 살아갈수록 인생이, 역사가 우리의 수고, 열심에만 달려 있지 않음을 크게 느낀다.

"범사에 기한이 있고 천하 만사가 다 때가 있나니
날 때가 있고, 죽을 때가 있으며 심을 때가 있고 심은 것을
뽑을 때가 있으며 … 찢을 때가 있고 꿰맬 때가 있으며
잠잠할 때가 있고 말할 때가 있으며, 사랑할 때가 있고
미워할 때가 있으며 전쟁할 때가 있고 평화할 때가 있느니라.
일하는 자가 그의 수고로 말미암아 무슨 이익이 있으랴. 하나님이
인생들에게 노고를 주사 애쓰게 하신 것을 내가 보았노라."

전도서 3장 1~2, 7~10절

달달구리 커피로 맺어진 사이

택배 이야기를 인터넷에 연재할 당시 어떤 분이 댓글로 이런 글을 남겼다. “종교인이 직업을 갖는 것은 당연한 일이다. 무종교인 눈에는 종교인은 그냥 놀고먹는 한량처럼 보인다.” 처음 듣는 말은 아니었지만, 일단 부끄럽고 미안했다. 그리고 무슨 말인지 알기에 동감이다. 실제로 기독교인으로서, 목사로서 부끄러움을 느낄 때가 많다.

그러나 직접 생산에 직결되지 않는 일을 한다고 다 무의미한 한량은 아닌 것 같다. 사람이 사람인 것은 당장 눈에 보이는 생산과 성장에 직결되지 않아도 의미를 찾는 존재이기 때문일 것이다. 종교뿐 아니라 철학이나 예술도 사람이 사람답게 살아가는 데 큰 힘이

니까 말이다. 그러나 그럴듯한 논리를 앞세워 뜬구름 잡는 얘기나 하고 힘든 일을 기피하는 것은 나 같은 종교인이 늘 조심해야 할 일이다. 나 역시 단지 목사라고 택배(현장) 일하는 게 무슨 대단한 일이나 되는 양 여겨지는 것이 탐탁지 않다. 상황에 따라 이중직, 삼중직 하는 분들이 얼마나 많은데 목사라고 못할 이유가 뭔가?

그래도 현역 목사로서 택배(때로는 대리운전)를 하며 새롭게 느낀 소회는 적지 않다. 2015년 처음 택배 배송을 시작했을 때 가졌던 마음가짐은 두 가지였다. 우선, 목회와 직업 운동을 같이하는 사람으로서 부실한 가장 역할에 조금이나마 보탬 되는 부업(?)이라도 하고 싶었다. 그러나 지금껏 살아온 것처럼 '의미'를 찾는 일보다는 좀 더 땀 흘리고 고생하며 '더럽고 아니꼬워도 먹고살아야 해서 참아내는' 일을 찾았다.

생활정보지를 뒤적이고, 인터넷에서 관련 검색어를 찾아보니 역시 시간제 알바(써줄지는 모르지만) 외에는 배달직밖에 없었다. 몇 개를 동그라미 치고 전화를 돌려봐도 이래저래 맞지 않았다. 그중 하나가

'○○ 택배.' 집에서 거리도 가깝고, 근무일과 조건을 상담 가능하다고 해서 두려운 마음을 누르고 용기 내어 전화했다. 전화로 용건을 밝히니 점장이라는 분을 바꿔줬다. 점장님에게 내 신분을 밝히고 목회 중이라 매일 하기는 어렵고 주당 4회만 하면 좋겠다고 했더니 무조건 오란다.

다음 날 사무실로 찾아가 점장님을 만나니 서로 머리를 갸우뚱거린다. '어! 어디서 봤는데…' 하는 분명히 익숙한 사람이다. 기억을 더듬어보니 20년 전 청년 시절 친구를 통해 알게 되어 몇 번 만났던 동갑내기 지인이었다. 원하는 대로 일을 줄 테니 내일부터 나오란다. 사실 마음의 준비가 아직 안 됐는데, 내뱉은 말이 있어 일단 나가기로 했다. 집에 가서 가족에게 자초지종을 말하니 별로 힘쓰며 살아보지 않은 사람이 어떻게 그런 힘든 일을 할 수 있냐며 반대가 심했다. 가족이 걱정하지 않도록 별로 힘들어 보이지 않는다며 일단 해보겠다고 하고, 다음 날부터 나갔다.

첫날 어느 젊은 기사를 따라 구로동의 철공소가 많은 동네로 가서 택배를 처음으로 배웠다. 이틀 정도 따라 나가고 셋째 날부터는 지도 한 장 달랑 주고는 혼자 가서 배송하라고 한다. 분명히 이틀이나 같이 따라 나간 곳인데 왜 그렇게 생소한지, 골목도 거기가 거기 같고 지도를 아무리 이리저리 돌려 봐도 한 집 찾기도 그렇게 힘들 수가 없다. 마치 부대도, 전우도 다 철수한 전쟁터 한복판에 혼자 낙오된 병사 같았다. 무겁고 힘든 건 둘째 치고 집 찾는 게 그렇게 어려운 일인지 처음 알았다(지금은 지도 같은 것 없어도 어디든 조금만 돌아다녀 보면 크게 어렵지 않게 배송을 한다). 결국 가리봉동에 정착해 그렇게 1년 가까이 배송을 했다. 초보가 맡는 구역치고는 너무 어려운 곳이었지만, 자꾸 헤매니 더 빨리 익힐 수 있었다. 뒤늦게 알게 된 교인들도 내 일을 환영하고 응원해 주었다.

교회 목회를 쉬고 있던 2020년 초 점장에게 다시 연락이 왔다. 일을 다시 하면 어떻겠냐고. 경험을 해봤기 때문에 더 부담이 됐다. 제대한 지 몇 년 만에 재입대하는 심정으로 다시 시작했다. 이번에는 정식 기사로 다른 이들과 동일한 주 6일 근무로 가리봉동, 구로동 가라는 곳에 다 갔다. 참 신기했다. 몇 년 만에 다시 시작했는데도 몸이 기억한다는 말이 딱 맞았다. 몇 개월 고생하니 금세 익숙해졌다. 2년 가까이 일하다가 코로나에 걸려 2주간 호되게 앓았다. 마침 교회를 다시 시작할 마음이었기에 정식 기사는 2021년 그만두고 지금은 '펑크 전문'으로 누가 아프거나 그만두어 일시적 공백이 생기면 원하는 대로 구멍을 메워준다.

코로나 이후는 더더욱 고객을 마주칠 일이 없다. 나는 처음 일을 시작했을 때부터 동료 기사들과 좋은 관계를 유지하는 데 힘을 쏟았다. 좋으나 싫으나 우리는 매일 아침 물품 정리하는 3시간 안팎을 무조건 함께 있어야 한다. 아침에 물품을 정리하기 위해 나와 동료 기사들이 서는 자리는 뱀 꼬리처럼 길게 이어진 컨베이어 벨트 연결망 제일 끝이다. 마치 우리나라 지도에서 보면 동쪽 해안선 끝자락에 꼬리처럼 튀어나온 포항처럼 우리만 외따로 5명이 위치해 있다. 우리 독수리 5형제는 정말 친했다. 30~50대로 나이는 내가 제일 많았다. 힘든 아침 시간이었지만, 서로 전날 겪은 갑질 고객 욕도 함께 하고, 농담하고 장난치며 웃기도 하고, 무거운 물건 불평도 함께 하고, 간식도 나눠 먹고, 그러다가 다투고 삐져 며칠 동안 말도 안 하고…. 일단 밖에 나가 배송을 시작하면 마칠 때까지 식사를 거르기가 일쑤다. 그래서 특히 코로나 때는 물품 정리를 마치자마자 우리 5형제는 3층 구내식당에 우르르 몰려 올라가 정신없이 밥을 퍼먹었고, 12시 가까워 배송지로 흩어졌다.

가끔은 지하 3층에서 함께 일하는 우리 대리점의 40~50명쯤 되는 기사 전체에게 간식을 돌렸다. 품종은 약과, 초코파이, 밤빵, 건빵, 요구르트 등이고, 특징은 당분 많고 물과 함께 한입에 쏙 들어가는 것들이다. 건강식품과는 거리가 멀지만 우리 같은 사람들은 땀 흘리고 지칠 때 당분 보충이 꼭 필요하다. 물론 내게 우리 독수리 5형제는 항상 1순위였다. 그러다 보면 가끔 "뭐 없어요?" 하고 찾아오는 기사도 있다. 그러면 내가 배송 나가서 먹으려고 운전석에 두었던 걸 뒤적뒤적 찾아 주기도 한다. 정말 몇 푼 안 되는 돈이지만 '불량식품'을 함께 나눠 먹으면 정말 즐겁고, 많이 친해진다. 대부분 나보다 10살 이상 연하인데, 젊어서부터 이 답답한 지하(겨울의 추위보다 여름의 덥고 축축한 느낌이 더 힘들다)에서 매일 고생하는 모습을 보면 짠할 때가 참 많다.

내가 가장 신경을 많이 쓴 것은 '세계에서 가장 맛있는 커피'인 자판기 커피 공급이었다. 대리점 지하 3층에는 구석마다 몇 개의 커피자판기가 있었다(최근에는 없어졌다). 왕창 땀 흘리고 마시는 달달한 믹스 커피 한잔은 정말 맛있고, 순간적으로 힘이 확 나게 한다. 지하세계의 기쁨 중 하나였다. 문제는 100원짜리밖에 안 들어가 동전이 없으면 입맛만 다시는 기사들이 많았다는 것이다. 나는 한 달에 한두 번씩 회사 앞 우리은행에 가서 100원짜리를 5천 원어치씩 바꿔 왔다. 그래서 내 트럭 적재함 앞 종이컵에 넣어놓고 맘대로 가져가 커피를 마시도록 했다. 대개는 그냥 가져가지 않고 지폐나 500원짜리를 바꿔 갔으니 환전상이 된 셈이다. 내 위치가 제일 끝이고 자판기에서 가까워 누구나 거쳐 가게 되어 있기 때문이다. 지금 생각해도 참 즐거운 시간이었다.

2021년 내가 떠나고 난 뒤, 동료들은 예전처럼 몰고 다니며 웃겨주는 사람이 없다며 섭섭해하고 가끔 다시 돌아오라고 한다. 내가 말한 적도 없는데 어찌 알려져, 일 시작한 지 얼마 안 되어 사람들이 나를 '목사님'이라고 부르기 시작했다. 그중에 기독교인이 많아 때로는 신앙 상담 같은 걸 해 오기도 하고, 아픈 사람은 기도해 주기도 했다. 어느 날 동료 하나가 안 보여 찾으니 운전석에서 끙끙 앓고 있었다. 같은 기독교인이라 기도해 주었다. 다음 날 내가 아파서 검사해 보니 코로나에 옮았다. 우리는 코로나도 서로 나누는 동료다.

"너희를 박해하는 자를 축복하라. 축복하고 저주하지 말라.
즐거워하는 자들과 함께 즐거워하고 우는 자들과 함께 울라."

로마서 12장 14~15절

택배 기사의 지갑을 본 적 있나요?

택배를 처음 해보는 스물한 살 젊은 기사로 인해 동료들이 어려움을 함께 겪은 일이 있다. 택배 기사 중에 20대가 없는 것은 아니지만, 20대 초반에 찾아오는 경우는 거의 보기 힘들다. 나도 그와 이야기 나눌 기회가 있어 비교적 소상히 상황을 들을 수 있었다.

택배 기사에게 가장 중요한 것은 의외로 힘이 아니다. 기초 체력이 너무 부족하면 택배 하기 힘들겠지만 그건 대동소이하고 요령이 생기면 무거운 물건도 얼마든지 쉽게 들고 옮길 수 있다. 배달 기술도 차차 배우면 된다. 우리 택배 기사는 기본적으로 운전을 잘해야 한다. 비탈길, 좁은 길, 보행자와 주차 차량이 많은 길이 일상이고 후진은 기본인데, 뒤에 탑재함이 있어 경보음에만 의존해야 하는 경우가 많다. 그러나 면허증이 있어도 운전 실력은 단기간에 느는 게 아니다.

그런데 스물한 살밖에 안 된 이 청년은 운전에 자신이 있단다. 그러면 안 되지만 자신이 살던 시골에는 청소년 시절부터 운전하는 일이 가끔 있단다. 자기도 아버지가 술에 취해 부르시면 가서 아버지를 태워 집까지 모셔 오는 일이 제법 있었는데, 그래서 열네 살 때 처음 운전을 해봤단다. 그리고 고향에서부터 이 일, 저 일 조금씩 해봐서 일에 대한 두려움이 별로 없고, 몸 쓰는 일도 익숙하다고 한다.

말만이 아니라 실제로 일을 빨리 배웠다. 물론 그가 맡은 구역은 아파트와 건물이 많아 비교적 쉬운 곳이기는 해도, 시작한 지 이틀 만에 혼자서 하겠다고 해서 모두가 기특하게 생각했다. 그런데 하필 그가 구역을 맡은 날부터 거의 매일 장대비가 내리는 것이었다. 장마철의 배송은 이만저만 힘든 게 아니다. 청년은 의기양양하게 시작했지만 아직 익숙하지 않은 길에, 매일 내리는 장대비에 점점 자신감이 떨어졌다. 결국 한 번, 두 번 결근하기 시작하더니 연락도 받지 않는 일이 생기기도 했다. 다시 나와 일을 해도 부쩍 자신감을 잃은 표정이 역력했다. 결국 20여 일 만에 그만두었다. 그러는 동안 주변 동료 기사들은 장마철에 자신들 배송도 하면서, 젊은 기사가 못한 물품까지 조금씩 떠맡아 알지도 못하는 동네를 헤매고 다녀야 했다.

그 소식을 전해 들은 우리 동료들은 안타까워했다. '처음 일을 맡고 누구든 겪게 되는 첫 번째 고비를 잘 견뎌내면 점점 더 수월해질 텐데.' 우리 모두 다 거쳐 온 과정이라 아는 것이다. 그런데 이상한 게 있다. 그보다 조금 앞서 처음으로 택배 일을 시작하게 된 또 다른 두 명의 기사가 있는데, 그들은 지금도 잘 적응하고 있다. 다른 점이 있다면 그 두 명은 40, 50대 가장이다. 지금도 익숙하지 못해 힘겨워하고 택배가 자기에게 맞는 일인지 모르겠다고 하면서도 쉽게 그만둘 수 없는 가장이다.

사실은 우리 기사들이 다 그렇다. 10년, 20년 된 베테랑들도 가끔 그런 넋두리를 한다. "내가 이젠 정말 그만둬야지 왜 계속하는지 모르겠다"라며 혼잣말을 하는데, 한참 후에 가보면 여전히 열심히 일하고 있다. 이런 일을 말하면 특히 나와 가까운 한 동료가 생각난다. 1973년생, 50대 초반에 제법 마른 체형이고 허약해 보인다. 그런데 매일 배송하는 평균 수량이 400개 정도 될 만큼 배달을 많이 한다. 항상 우리 대리점 상위 다섯 손가락 안에 든다. 그러니 안 아픈 데가 없다. 얼마 전에도 손목을 칭칭 감고 나와 아파하기에 물어보니 인대가 늘어나 힘쓰기가 어려워 병원 가서 진통 주사 맞고 약 먹고 버틴다고 한다.

그러나 이건 그의 일만이 아니다. 택배 기사에게 괜히 "어디 아픈 데 없냐"라고 물으면 안 된다. 오히려 안 아픈 데가 없다고 할 것이 뻔하기 때문이다. 만성 피로는 기본이고, 골격이나 근육 계통은 어느 정도는 다 온전하지 않다. 나도 예전에 배송 중 빗길에 발을 헛디뎌 발목이 꺾여 통증이 심했지만, 내색하지 않고 그냥 버티다 보니 차차 좋아진 적이 있다.

아무튼 나는 그 동료에게 수량을 좀 줄이라고 권한다. 그러면 그는 전형적인 전라도 사투리로 늘 같은 대답을 한다. 가난한 시골에서 태어나고 자라 잘 배우지도 못하고 힘들게 살아온 자기 인생을 외아들에게는 물려주지 않겠다는 것이다. 40대가 넘어 뒤늦게 베트남 여성과 결혼해 이제 네 살 된 아들 하나 둔 착한 가장. 지갑에 가족사진 넣고 다니며 내게도 보여주고 아들 자랑으로 힘겨운 나날을 벌써 10년 넘게 잘 이겨내고 있다.

택배 기사 중에는 부부가 함께 일하는 분이나 여성 기사들도 가끔 있다. 부부가 함께 일하는 것을 보면 괜히 흐뭇한 마음이, 여성 기사를 보면 안쓰러운 마음이 드는 것은 어쩔 수 없다. 우리 대리점 최고령인 70대 초반 형님은 형수님이 함께 나와 정리해 주는 모습을 자주 본다. 70대가 되면 아무래도 힘도 달리고 순발력도 떨어져 누구보다 늦게 출발하지만 일단 나가면 제법 일찍 들어오는 그야말로 달인이다.

나도 1997년 첫 아이를 출산한 뒤 파트타임 전도사 일만으로는 안 될 것 같아 중고 오토바이를 사서 한동안 새벽 우유배달을 했다. 그런데 권하지도 않았는데 갓난 아기 엄마인 아내가 따라 나오는 거다(물론 어머니가 함께 계셨기에 가능한 일이다). 먼 집은 내가 오토바이로, 비교적 가까운 평지는 아내가 카트에 박스를 달고 배송했다. 오래전 그 일을 생각하면 아내가 한없이 대단하고 고맙지만, 그때는 고마움도 잘 모르던 철없는 가장이었다.

여성 기사를 보며 안쓰럽게 느끼는 것은 일단 힘든 일이기 때문이지만, 또한 현장 일이라는 게 남성에게 맞춰져 설계되는 부분이 많기 때문이기도 하다. 무엇보다 사람의 당연한 생리 현장인 배설할 곳이 마땅치 않다는 것이다. 다시 말해 정해진 화장실이 없다. 물론 주 배송지역이 아파트나 상가, 건물인 기사들에게는 큰 문제가 아니다. 그러나 동네만 돌아다니는 기사라면 말이 달라진다. 가리봉동과 구로동 배송 당시 나는 어쩌다 발견되는 공용화장실, 배송지 가운데 화장실 열려 있는 집 등을 일일이 기억해 두었다가 필요한 위기를 넘기곤 했다. 그런데 여성이라면? 나는 잘 모르지만, 그래서 더욱 안타깝다.

그러나 육체 노동의 장점은 정말 많다. 택배 하면서 내가 가장 좋았던 것은 삶의 활력을 크게 느낀다는 것이다. 굵은 땀을 흘리며 거친 숨을 몰아쉬는 소리를 스스로 들으며 여전히 펄떡펄떡 살아 있음을 느낄 때가 한두 번이 아니다. 팔과 다리 근육 운동에 택배만큼 좋은 게 없다. 우리끼리 하는 말이다. '누구는 돈 내가며 근육을 만들지만, 우리는 돈 받아가면서 근육을 키운다.' 그리고 고비를 넘겨 익숙해지면 택배는 여러모로 재미있다. 나도 두렵고 힘들어 못할 것 같은 고비를 넘기고 나니, 밤에 자려고 누워서도 돌아다니는 골목골목들과 재미있는 장면들이 떠오르며 가슴이 뛴 적이 많다. 썩혀두기 아까울 정도로 다양한 기술과 전문성도 생긴다. 어쩌면 그래서 기사들은 늘 그만둔다면서도 오늘도 배송길에 나서는지도 모르겠다.

"사람의 행위가 여호와를 기쁘시게 하면 그 사람의 원수라도 그와 더불어 화목하게 하시느니라. 적은 소득이 공의를 겸하면 많은 소득이 불의를 겸한 것보다 나으니라. 사람이 마음으로 자기의 길을 계획할지라도 그의 걸음을 인도하시는 이는 여호와시니라."

잠언 16장 7~9절

택배 기사에게 명절이란

택배 하면서 여러 번의 명절을 맞았다. 우리끼리는 설과 추석 명절 한 번씩 치르고 나면 택배 배울 만큼 배운 거라는 우스갯소리를 나눈다. 택배 기사들에게는 그만큼 명절 물량을 받아내는 게 쉽지 않다는 말이다.

명절 물량이라고 똑같지 않다. 설 명절 때는 주로 고기 종류들이 많이 오간다. 갈비 세트는 물론이고, 사골과 우족 등 종류도 다양하다. 요즘에는 신선도를 생각해 백화점이나 마트 제품이 아니라 정육점을 통해 직접 보내는 고기들도 수요가 많다. 명절을 앞둔 며칠 동안에는 고기 배달 지원을 나가기도 한다. 독산동 우시장에서 직접 주문받아 포장한 고기 상자들을 대량으로 싣고 가는 것이다.

예전 광명에 살 때 독산동 우시장을 지나가 본 적은 많지만, 그 안에 들어가 보기는 처음이었다. 큰 상가 1층이 전부 소와 돼지를 해체하여 주문대로 포장하여 택배로 보내는 곳으로 사용되고 있었다. 입구에서부터 피비린내가 진동하고 핏물들이 여기저기 고여 있었다. 가게마다 돌아다니며 포장이 끝난 고기 상자를 가져와 송장을 붙이고 차에 싣는다. 그것으로 끝이 아니다. 가까운 도매상점에 가서는 깨끗이 포장된 10kg짜리 큰 갈비 세트를 탑재함에 실을 수 있는 데까지 옮겨 싣는다. 틈틈이 송장도 붙여야 해서 짧은 시간 동안 제법 힘들고 신경도 쓰인다.

40대 젊은 기사와 둘이 함께 했는데, 50대 후반인 내가 한 번에 쉴 새 없이 들어 올리는 걸 보더니 놀라 했다. 물론 나도 놀랐다. 반년 전부터 근육 운동을 제법 열심히 한 효과가 나오는 것 같아 마음이 흡족했다. 술과 떡도 빠지지 않는다. 명절 상품은 포장도 참 예쁘고 탐스럽게 잘도 만들었다. 정신없이 옮기면서도 감탄스러울 때가 있다. 눈앞에 온갖 산해진미들이 오가는 것을 보며 가끔 하나라도 펼쳐 먹고 싶은 마음이 들 때도 있다. 명절 선물들은 주로 선물 세트를 이용한다. 포장만 봐도 대번 알 수 있는 식용류와 참치, 햄, 김 세트들이 푸짐하다.

기억에 남는 명절 선물은 ○○협동조합에서 명절 때마다 보내는 종합선물 세트다. 명절 시작 10여 일 전부터 한 기사당 거의 매일 10~20개가 쏟아진다. 문제는 조합원들에게 일괄적으로 보내는 것이라 주소가 정확하지 않은 게 제법 많다는 것이다. 주택 주소만 있고 층이나 호수가 없어 가서 다시 탐문을 해야 한다. 도착해서 전화를 바로 받아주면 그나마 좋은데 끝내 받지 않으면 집 앞에 며칠을 갔다가도 결국 못 찾고 다시 반송하게 된다. 그 때는 골탕 먹은 것처럼 얄밉다. 이 자리를 빌려 단체 주문상품 보내실 때 제발 층과 호수까지 제대로 기재하여 주시기를 당부드린다.

추석에는 단연 햇곡식과 과일들이다. 사실 쌀 같은 곡물 부대는 무게는 좀 나가도 어깨에 올려놓기도 편하고 수레에 싣기도 어렵지 않아 크게 신경 쓰이지는 않는다. 그러나 엘리베이터 없는 고층 다세대 주택에 여러 포씩 갖고 올라가야 하는 경우는 전혀 다르다. 어느 가을에 열 포가 넘는 쌀을 5층에 배송한 적이 있는데 그럴 때는 정신력으로 버텨야만 한다. 아무튼 명절을 앞두고 오는 특별 물량들은 거의 유통기한이 짧고, 신선식품일 경우가 많아 당일배송이 원칙이기에 하나라도 빠지지 않도록 신경을 더 써야 한다.

기사들에게는 명절 기간이 여러모로 신경 쓰인다. 우선, 2~3주 전부터 물량이 대폭 늘어난다. 기사들은 대개 평소에도 만차로 출발할 때가 많다. 명절 물량이 늘어날 때는 어차피 한 번에 다 싣지 못해 그날 갈 것과 조금 나중에 갈 것을 날마다 나누게 된다. 고객들도 그러려니 생각해서 잘 기다려준다. 물론 명절 연휴를 코앞에 두면 물량이 줄기 때문에 남은 물량들은 그때 몰아서 배송하면 된다. 이런 판단을 적절하게 할 수 있는 게 짬밥이고 관록이다.

아무튼 고생스럽기는 해도 명절은 택배 기사들에게도 설렘을 준다. 명절 상여금 같은 건 없지만, 회사에서도 여러 가지 선물은 마련해 나눠 준다. 대개는 종합선물 세트다. 빈손으로 집에 가지 않는다는 건 항상 보람되고 즐거운 일이다. 명절이 시작되는 그 편안함은 말할 수 없지만, 하루, 이틀 지날수록 또 다른 긴장감이 올라오기 시작한다. 쉬는 날만큼 배송하지 못한 물량들도 쌓여가기 때문이다. 그래서 우리 독수리 5형제 중 어느 기사는 명절만 앞두면 늘 "난 명절이 없으면 좋겠어. 쉬어도 쉬는 게 아냐. 쉬는 게 더 힘들어"라고 넋두리한다. 그래도 나는 고생할 때 하더라도 쉬는 날이 좋다.

광명에 살 때 우리 가족은 명절이 되면 재래시장에서 음식 장만을 위한 장을 보며 그때마다 시장 칼국수나 자장면 사 먹는 걸 연례행사처럼 즐겼다. 벌써 10년 가까운 그리운 추억이 되었다. 나는 부모님 고향도 경기도, 처가도 서울이라 명절 귀성의 고생을 해본 적이 거의 없다. 결혼 후 명절 기간에 가끔 친척이나 누나네 다니러 간다 해도 경기도 정도라 고속도로에서 잠시 어려움을 겪는 정도였으니 먼 고향에 열 시간 걸려 다녀왔다는 소리를 들으면 아무 말도 못한다.

사실 택배 터미널에서 가장 고생하는 분들은 청소원인 것 같다. 우리 터미널은 1990년대에 지은 지상 3층, 지하 3층, 총 6개 층 물류 전용건물이다. 끊임없이 온갖 물량들이 오가고 처리되고 폐기되기에 공기는 항상 탁하고, 온갖 쓰레기가 끊임없이 나온다. 아침에 택배 물품 정리를 마치면 찢어진 포장 상자, 깨진 병, 기사들이 먹고 버린 온갖 음식물 포장지 등이 이곳저곳 귀퉁이와 쓰레기통을 가득 채운다.

이 많은 뒤처리를 60대 후반쯤 되어 보이는 여성과 조금 더 들어 보이는 남성 두 분이 고정 청소원으로, 곳곳에 쓰레질과 정리 정도만 하는 아르바이트 몇 분이 다 담당한다. 특히 그 두 분에게 늘 가장 미안하고 안쓰럽다. 특히 '여사님'은 곳곳의 화장실 청소도 거의 도맡아 하신다. 우리 터미널은 크고, 넓은 규모의 건물인데도 화장실은 오직 지상에만 있다. 거의 모든 일을 지하에서 진행하는 기사들 입장에 화장실이 '겨우 그것밖에' 안 되지만, 여사님께는 '그렇게나 많다.'

변기는 자주 막히고 좌변기, 소변기, 세면대 어디나

버리고 간 쓰레기들이 넘쳐난다. 그래서 엘리베이터나 복도, 화장실 등에서 만나는 여사님은 항상 불만이 많다. '사람들이 제집이면 이렇게 하겠냐고, 왜 이렇게 더럽게 쓰냐고, 변기에 왜 이상한 물건 집어넣어 막히게 하냐고….' 나는 그분에게 항상 미안해 만날 때마다 인사드리고, 여사님의 불만에 추임새를 섞어 넣어가며 잘 들어드린다. 사실 우리 기사들도 항상 험한 일을 하며 고객의 자그마한 배려를 기대하면서도, 막상 터미널에서는 또 다른 갑이 되어 함부로 버리고 늘어놓고 뒤처리를 하지 않아 두 어르신을 아주 힘들게 한다. 다시 한번 입장 바꿔 생각하는 게 우리 인생에 얼마나 중요한지 새삼 느낀다.

그뿐 아니다. 지하 2층 구석 공간에는 재활용 박스로 만든 큰 성(城) 한 채가 세워져 있다. 청소하시는 두 어르신이 매일 나오는 박스를 정리하고 쌓아 만든 성이다. 기사들은 가끔 그 성에서 도움을 받는다. 받은 물품 중 찢어지고, 부서지고, 너무 크거나 너무 작아 맞지 않은 포장이 보일 때마다 그 박스 성에 가면 가장 알맞은 것을 찾을 수 있다. 다시 감사드릴 뿐이다. 두 분에게도 연휴만큼이라도 푹 쉬시고, 대접받고, 행복한 명절되시기를 진심으로 빌어본다.

"보라 농부가 땅에서 나는 귀한 열매를 바라고 길이 참아 이른 비와 늦은 비를 기다리나니, 너희도 길이 참고 마음을 굳건하게 하라. 주의 강림이 가까우니라."

야고보서 5장 7~8절

동네 한 바퀴에
음료수가 한가득

택배 기사마다 일하는 요령과 방식이 다 다르다. 물론 배송지의 환경에 따라 꽤 달라진다. 아파트 배송이 많은 기사의 경우 하루 200~300여 개를 배송해도 고객과 얼굴도 마주치기 힘들다. 반면, 동네 위주로 배송하는 경우 배송지의 고객은 물론 이웃 주민들과 가게 주인, 야쿠르트 여사님까지 두루 만나게 된다.

나 역시 지금껏 동네 위주의 배송을 했기에 비교적 사람들을 많이 만나왔다. 특히 구멍가게 주인이나 아르바이트생과도 알아보며 간단한 인사 정도는 주고받는다. 언젠가 여름, 손님이 한산한 카페에 영업을 위한 큰 박스 여러 개를 배송했다. 그런데 아르바이트생이 그걸 어찌하지 못해 쩔쩔매기에 창고까지 다시 옮겨주었다. 그 후 아르바이트생은 갈 때마다 얼음을 잔뜩 넣은 커피를 타 주었다. 물론 나 역시 그가 두 번 들어 옮기지 않도록 창고까지 들어가 쌓아준다.

이렇게 일하는 현장에서 만나는 사람들은 어느새 이심전심 주고받는 끈끈함이 생긴다. 특히 같이 택배 일을 하는 다른 택배사 기사들과 친하게 지낸다. 반복해서 자주 만나는 기사들은 친해져서 도움도 주고받는다. 내가 초짜이던 시절에는 주로 집을 못 찾아 자주 물어봤다. 그때만 해도 초보 티를 내며 회사에서 준 코팅 지도를 들고 다니는 '가련한' 내 모습을 보며 다른 기사들이 애처롭게 여겼다. 나는 지도도 없이 도로명만 보며 쉽게 물건을 배송하는 그들이 한없이 부러웠다.

가끔 내가 정신없이 잘못 배송한 물건을 대신 찾아주기도 했다. 나 역시 아파트 입구에서 그들을 만나면 함께 올라가야 할 물품을 달라고 하여 대신 배송해 주었다. 그럴 때마다 우리는 동업자 정신이 뿜어 나온다.

나보다 몇 살 위인 한 동료 기사 형님이 있다. 그와 함께 그의 배송 구역을 하루 돌아본 적이 있었다. 그가 벼르고 벼르던 아내와의 해외여행을 위해 내게 한 주간 동안 배송을 맡아달라고 했기 때문이다. 그와 함께 동네를 도는데 나는 그가 택배 기사가 아니라 통반장이 아닌가 하는 착각이 들었다. 일단 오가는 동네 어르신들은 거의 다 안다. 이름까지 불러가며 '어디 가느냐, 지난번에 아픈 데는 다 나았냐, 한동안 안 보이던데, 어디 갔었냐.' 모르는 게 없다.

어르신들도 일부러 나와서 이것저것 음료수를 잔뜩 건넨다. 심지어 젊은 새댁에게는 "배가 홀쭉해진 걸 보니 애 낳았구나. 그래, 뭘 낳았어?" 묻는다. "아들 낳았어요." "잘했네. 아이고, 수고했어." 학교 갔다 돌아오는 아이들도 여럿을 불러 세워 이런저런 이야기를 나눈다. 어느 집 손자, 손녀라며 아기 때부터 봐왔다고 한다.

그저 친절한 게 아니라 요즘은 거의 찾아보기 힘든 예전 동네의 통반장 같은 역할이다. 물론 지금처럼 다른 사람의 간섭과 사적 관계를 극도로 기피하는 시대에는 이러한 관심과 관계는 지나쳐 보이고 조심해야 할 것도 있을 것이다. 그러나 모든 것을 기계나 무인 시스템으로 대체하고 있는 지금 시대에야말로 더욱 대체할 수 없는 인간적인 관계가 절실히 요청되는 때가 아닐까?

기사 형님과 어느 주택가 골목에 정차해 놓고 배송 관련 대화를 나누고 있을 때였다. 열 살 남짓 되어 보이는 한 아이가 슬금슬금 트럭으로 오더니 뜻을 정확히 분간할 수 없는 말을 계속 건넨다. 생각해 보라. 요즘 시대에 어린아이가 택배 차량에 먼저 다가와 말을 건넨다? 진풍경이 아닐 수 없다. 형님은 이렇게 말한다. "그래, 지금은 다른 사람이랑 얘기하는 중이니까 너랑은 다음에 다시 얘기하자" 하니, 알아들었다는 듯이 아이는 간다.

형님이 내게 말한다. 아이가 조금 지능이 떨어져서 아무에게나 가서 이런 말, 저런 말을 하며 다닌단다. 사람들은 성가셔하며 무시하거나 황급히 자리를 뜨는데, 자기는 할 수 있는 한 아이와 눈을 맞춰 얘기도 들어주고 여러 번 만나니 자기만 나타나면 일부러 찾아온다는 것이다. 하루는 어려서부터 그런 아픔을 안고 있는 아이 엄마가 그걸 보고 먹을 것을 잔뜩 사다 주면서 그렇게 고마워하더라는 것이다. 이웃의 정의가 이렇게 넓고 풍성할 수 있다는 것을 새삼 느끼는 이야기다.

사실 그날만 해도 배송을 마치는 몇 시간 동안 동네 주민들은 두 사람이 다 처분하지 못할 만큼 음료수를 많이 놓고 갔다. 물론 그는 한 동네에서만 10년 넘게 배송한 이력을 갖고 있다. 어쩌면 같은 곳을 10년 동안 누비고 다니면 돌멩이 위치까지 기억할 수 있을 것이다. 그러나 이는 10년 경력이 자동적으로 만들어 주는 게 아니라 역시 사람에 대한 관심이다. 사람은 관심을 먹고 사는 존재다.

사실 택배 기사가 부부 여행을 위해 휴가를 낸다는 건 여간해서는 흔치 않은 일이다. 그러나 나는 내게 요청이 왔을 때 두말없이 수락했다. 그 형님은 오래전 사업 실패로 가족들을 빚더미에서 고생시켰다는 미안함이 많다. 그런데 그 아픔이 있고 나서 가족에게 정말 잘한다. 특히 고생시킨 형수에게 잘하려는 진심이 묻어나는 행동을 나는 들어서 잘 알고 있다. 그래서 그들 부부의 여행을 진심으로 응원했다. 사람이 다른 사람의 삶을 보며 좋은 자극을 받고 변해가려는 마음을 갖는 것은 매우 행복한 일이다.

그동안 나도 꽤 잘한다고 자부했지만, 그 일 이후에는 배송 태도에 더 신경 쓰게 되었다. 배송 중 만나는 고객에게 최대한 밝게 인사하고 이런저런 부탁을 받으면 최선을 다해 처리해 주려고 한다. 어느 날은 점심 식사 때인데도 따뜻한 가을 햇볕만 쬐고 있는 할머니에게 배송 중 내가 틈틈이 먹으려고 준비한 밤빵을 나눠드리고 잠깐 이야기를 나눴다.

사람과의 관계는 조심스러울 때도 많다. 일하다 보면 뒤늦은 점심을 먹을 때가 많다. 어느 날 동네 한복판 할머니가 운영하는 식당에 들어가 김치찌개를 시켰다. 그런 곳은 젊은 사람들은 없고 대개 나 같은 일꾼이나 동네 가게 이웃이 많이 온다. 그날도 늦은 시간 점심을 먹고 있는데 몇몇 손님들이 들어와서 서로 눈인사하고 함께 밥을 먹었다.

다음 날도 같은 식당에 들어가니 어제 왔던 손님 중 한 분이 이미 잔뜩 취했는데 또 맥주를 시켜놓고 횡설수설하고 있었다. 음식을 주문하고 앉으니 주인 할머니가 안절부절못했다. 예상대로 그 손님이 내게 주사(酒邪)를 부리는 것이었다. 혀가 풀려 알아듣기 힘든 발음으로 "무슨 일을 하냐? 어디 회사냐?" 하며 말을 걸었다. 사실 나는 목회 시절에도 취객을 어렵지 않게 잘 대해왔기에 할머니에게 괜찮으니 염려 마시라고 말한 후 그 손님을 적당히 응대해 주었다.

적당히 대접해 주면서도 쉽게 끌려 들어오지 않자 취객은 약간 신경질적인 목소리로 결정적인 질문을 해왔다. "당신 몇 살이야?" 우리나라에서 매사에 위력을 발휘하는 결정타이다. 내가 굳이 대답해 줄 필요는 없지만, 얼핏 보니 나보다 어려 보였다. 주인 할머니의 염려를 덜고 나도 편안히 밥을 먹을 수 있으려면 답변이 필요해 보였다. "○○년생 ○○살입니다"라고 했더니 갑자기 목소리 톤이 잦아들면서, "어! 나보다 위네"라고 말하며 맥주 한잔 더 들이켜더니 곧 나가버렸다. 역시 한국 사회는 나이가 깡패다.

서로 원수진 것 없어도 마치 원수진 것처럼 극단적으로 미워하고 대립하는 살벌한 사회. 할 수 있는 대로 우리가 서로 원수가 아님을 드러내는 작은 몸부림이 필요할 때다.

"즐거워하는 자들과 함께 즐거워하고 우는 자들과 함께 울라. …
할 수 있거든 너희로서는 모든 사람과 더불어 화목하라."

로마서 12장 15, 18절

기사들의 떼창
"퇴근하겠습니다!"

여행 간 형님을 대신해 오랜만에 다시 택배 현장에 돌아왔다. 일에 익숙해지니 내게 가장 힘든 것은 배송이 아니라 피곤이 풀리지 않았는데 일찍 일어나 서둘러 나가야 하는 것이다. 나는 집과 회사가 멀어 새벽 4시 40분이면 일어나야 한다.

그러나 새벽 기상의 부담을 딛고 일단 출근만 하면 어느새 일하는 재미가 제법 쏠쏠하다. 언젠가부터 일하는 재미를 정말 진하게 느낀다. 그게 뭘까? 찐한 동료애다. 사실 우리는 각자 배송지와 시간이 달라 따로 만나 서로 깊은 대화를 나누는 일이 거의 없다. 그래서 이름과 연배, 경력 등 기본사항 외에는 서로 아는 게 별로 없다.

그러나 그런 게 따로 필요할까 생각될 정도로 이심전심 서로를 깊이 의지한다(물론 안 보일 때 서로 뒷담화도 많이 한다). 아니, 더 정확하게는 육체 노동 현장에서만 느낄 수 있는 동병상련의 끈끈함이다. 사실 우리 대리점의 인적 구성과 역할은 매우 다양하다.

우선, 3층 사무실 직원이 있다. 점장님과 두 명의 여성, 한 명의 남성 직원으로 구성되어 있는데, 사무실에 있다고 이들 업무가 수월한 게 절대 아니다. 점장은 큰 의자에 앉아 시간만 보내는 게 아니라 매일 생길 수 있는 빈틈이나 응급상황을 몸으로 대처해야 할 때가 적지 않다. 직원들은 우리 기사들과 매일, 매시간 진행과 전달 상황을 나눠야 한다. 가장 힘든 일은 배송과 관련하여 본사나 발송처, 특히 고객의 불만을 처리하는 전화 민원일 것이다. 그런데도 항상 웃는 낯으로 우리를 맞아주는 환대에 감사한 마음이다.

그리고 남성이 대다수인 배송 기사가 30~40명 정도 있다. 남성이 대다수라는 말은 상차나 하차 등 일정 부분을 함께 돕는 몇몇 부부도 있다는 말이다. 여성 기사도 있다.

그러나 그게 끝이 아니다. 몇 년 전부터 아침 분류를 도와주는 아르바이트생이 10여 명 배치되어 있다. 이들은 매일 2시간 안팎으로 컨베이어 벨트 레일 위로 밀려오는 물품들을 먼저 살펴 해당 기사에게까지 가져다준다. 그렇다고 우리 기사들이 아르바이트만 믿고 한가롭게 물러나 있지 않다. 함께 레일 분류작업도 하고, 확인된 자기 물품은 트럭을 오르내리며 부지런히 정리해 놓아야 늦지 않게 출발할 수 있다.

아무튼 아르바이트 노동자는 남자와 여자가 반반쯤 되고, 머리 희고 나이 지긋한 형님부터 20대 초중반 젊은이까지 정말 다양하다. 요즘 유튜브에는 세대와 성별, 연차가 다른 직원들 사이에서 벌어지는 신경전과 갈등을 그려낸 영상이 인기다. 얼마든지 현실에 있을 법한 얘기다. 만약 임원, 평사원, 아르바이트, 게다가 20대에서 60대까지 나이도 다양하고 연차도 골고루인 남녀가 한 사무실에서 함께 일하고 있다고 상상해 보라. 생각만 해도 그 긴장되고 피곤한 분위기가 끔찍하지 않은가?

그런데 우리 현장은 전혀 그렇지 않다. 50대 후반

다양한 연령대가 모인 택배 현장에서는 자연스럽게 동료애도 싹튼다.

아재는 20대 중반 기사와 농담을 주고받으며 서로 물건을 던져준다. 나는 다른 기사 물건을 앞쪽에서 먼저 찾아 던져줄 때마다 이름이나 ○○형님이라 불러준다. 서로 정을 느낀다.

물건이 뜸한 순간마다 열심히 스트레칭을 하는 어느 여자 아르바이트생은 다른 물건들은 먼저 찾아 아재 기사들에게 열심히 전달해 주지만, 본인이 들기 어려운 무거운 물건들을 보면 슬쩍 비켜난다. 그러면 우리 아재들은 으레 그러려니 군말 없이 번쩍 들고 간다. 말도 필요 없고, 아무런 긴장과 신경전도 없다. 어쩌다 눈이라도 마주치면 그는 살짝 미소를 띠며 감사를 표한다. 그걸로 충분하다. 그럴 때 우리는 말로 다 할 수 없는 진한 우정을 깊이 느낀다(나만 그런가?).

나도 그동안 목회와 사회운동의 다양한 자리에서 참 많은 사람과 일해왔다. 교회에서도 목회자와 평신도 사이에는 가까우면서도 먼 장벽이 늘 놓여 있다. 동료 목회자들과는 친하게 지내지만 담임목사와 부교역자 사이에는 또 넘기 힘든 강이 있다.

여러 운동단체도 마찬가지다. 특히 요즘에는 서로 개인적 의도와 상관없이 나이(세대)와 성별에 따라 적잖은 신경전도 오고 간다. 일단, 세대와 성별이 다르면 말 한마디를 하기 위해서도 머리 굴리며 제법 신경 쓰게 된다. 예전의 사무실이 나이와 연차에 따른 지나친 마초 문화에 길들여져 있었다면, 이제 그런 잘못된 권위를 허물기 위해서라도 더 노력해야 한다. 나 역시 예전에는 선배, 상사에게 고분고분하지 않은 후배였고, 이제 선배가 되니 꼰대 짓도 제법 한다.

한편 자신과 나이가 다르고 성이 다르면, 또 하는 일이 다르면 이렇고, 저럴 것이라는 예단과 편견도 적지 않은 것 같다. 사람과 사람, 개인 대 개인이 만나기도 전에 지나친 수 싸움에 먼저 지치기도 한다. 내 경험을 봐도, 가치도 명분도 아니고, 태반이 지기 싫은 자존심 싸움으로 힘겨루기 할 때가 생각나 적지 않게 부끄럽다.

그런데 이런 우리를 더욱 끈끈하게 결속시켜 주는 윤활유가 있다. 바로 단순한 현장 노동에 빠질 수 없는 음악이다. 특히 우리 분류장은 매일 아침 20대 젊은 기사가 마련한 시디플레이어에 성량 좋은 스피커를 연결해 틀어놓는다.

그런데 젊은 기사의 선곡 센스가 장난이 아니다. 80년대부터 최근까지 시대도 다양하고, 호쾌하게 질러대는 록 음악부터 잔잔한 발라드와 심금을 울리는 트로트까지 하나같이 아침부터 우리 마음을 뒤흔든다.

어느 날 마지막 곡이 이랬다.

오래 버텼네 참나 오래 버텼어
이 나이 먹을 동안 맞지 않는 옷을 입고 살았네
배고픈 세상 가난한 청춘이라 음음
나 기대하는 사람들의 책임감에 버텼네

퇴근하겠습니다 퇴근하겠습니다
이놈의 쥐꼬리만 한 월급으로 버텨왔는데
퇴근하겠습니다 퇴근하겠습니다
나 이제 행복 찾아 멀리멀리 떠나렵니다
퇴근하겠습니다

무책임한 남자 나는 바보같은 남자
나 혼자 행복하게 살겠다고 그만둔다 말했네
답답한 세상 가난한 청춘이라 음음
나 이러지도 저러지도 아무것도 못하네

퇴근하겠습니다 퇴근하겠습니다

이놈의 쥐꼬리만 한 월급으로 버텨왔는데
퇴근하겠습니다 퇴근하겠습니다
나 이제 행복 찾아 멀리멀리 떠나렵니다
퇴근하겠습니다

에라 모르겠다 나는 인생 한 번 걸어볼랍니다
퇴근하겠습니다

<퇴근하겠습니다>_장미여관

모두 공감하겠지만, 이 노래의 압권은 '퇴근하겠습니다'이다. 분류가 끝나고 배송을 위해 트럭의 시동을 걸고 출발하는 순간까지 기사들은 여기저기서 '퇴근하겠습니다' 후렴을 불러댄다. 나머지 소절은 다 잊어버려 '어쩌구 저쩌구'로 때우면서도 '퇴근하겠습니다'만은 정확하다.

그리고 이 노래는 결코 퇴근할 수 없는 사람들이 부르는 노래다. '이놈의 택배 이젠 진짜 때려치운다'라면서도 5년, 10년 동안, 20년 동안, 언제나 그 자리를 지키는 택배 기사들이 부르는 노래다. 그럴 때 그들이 그렇게도 늠름하고, 자랑스럽고, 멋질 수가 없다.

생각해 보면, 아무리 힘들고 고달파도 매일 같은 시간에 자신이 아니면 할 수 없는 일을 위해 그 자리를 지켜야 한다는 운명 같은 부담이 오히려 그들의 생활을 견고하게 지켜주는 것 같다. '하나'라는 마음은 정치인이나 상급자, 국가나 회사가 만들어주는 게 아니다. 때로는 지루하고 반복되는 일상과 피할 수 없는 책임을 어쩔 수 없이 함께 맞들면서 '고운 정'뿐 아니라 '미운 정'도 들어버린 사람들의 이심전심이다. 그게 우리 사회의 가능성이다.

"너희는 유대인이나 헬라인이나 종이나 자유인이나
남자나 여자나 다 그리스도 예수 안에서 하나이니라."

갈라디아서 3장 28절

먹고살기 위한 일일지라도

30대 시절, 어느 교회의 부목사를 할 때였다. 그 교회는 당시에도 설립 50년이 넘고 출석 교인이 700명이 넘는 작지 않은 규모의 교회였다. 변두리 동네의 오래된 교회였기에 가족이 3~4대에 걸쳐 출석하는 교인이 많았고, 어르신들도 정말 많았다.

교회의 중심이 누구냐라는 논쟁도 많지만, 분명한 것은 오래된 교회일수록 60세 이상의 여자 성도가 없으면 아무 일도 되지 않는다는 것이다. 희한한 것은 이 어르신들(주로 교회에서 권사라고 불림)은 집이든 교회든, 뜨끈한 방에 누워계실 때면 안 아픈 데가 없다고 끙끙대지만, 일단 할 일만 주어지면 언제 그랬냐 싶게 무서운 전사로 변신한다는 거다. 쓸고, 닦고, 음식 만들고 쉼 없이 일하다가 집에 가시면 또 끙끙 앓는다.

그때는 그게 이상해 보였다. 일하는 모습을 보면 평소 괜히 엄살떠는 게 아닌가 싶기도 했다. 그러나 이제는 동료 기사나 나 자신을 봐도 충분히 이해된다. 집에 있을 때는 기력도 없고 이곳저곳 쑤시는데 막상 일을 나가면 갑자기 활기차게 후다닥 뛰어다니고, 번쩍번쩍 물건을 들고, 얼굴에 생기가 돈다. 누구나 일해보면 내 말이 사실임을 알 수 있을 것이다.

우리에게 일은 무엇일까? 대부분의 경우 '일' 하면 곧바로 '직업'이나 '직장'을 생각할 것이다. 물론이다. 자본주의 사회에서 일은 먹고살아 가는 수단, 곧 호구지책이다. 그래서 신입생을 모집하려는 대학도 이제는 실용적 가치, 즉 취업을 학교 운영의 최고 목표로 내세운다.

물론 돈을 벌어 자신과 가족을 부양하기 위해 일하는 것은 기본 중의 기본이다. 땀 흘려 일하고 이를 통해 벌어들인 돈으로 자신의 만족을 누리고, 가족이나 도움이 필요한 사람을 위해 이를 쓸 때 느끼는 보람과 희열은 말로 할 수 없다. 가장에게 그것은 더 특별한 기쁨이다.

택배 기사들이 늘 이제 그만해야겠다는 말을 입에 달고 살면서도 여전히 그곳에 남아 일하고 있는 것도 가족을 부양한다는 무거운 책임감 때문이다. 5년 이상 택배 일을 하다 보면 지역도 업무도 패턴이 일정해 배송 일 자체는 특별히 어려울 게 없다. 가장 힘든 것은 무슨 일이 생겨도 사정에 따라 비우거나 멈추지 못하고 늘 그 자리를 지켜야 하는 것이라고들 말한다. 그게 바로 책임이고, 일의 무게일 것이다.

그러나 사람은 항상 먹고살기 위해서만 일하는 건 아니다. 똑같은 일을 해도 자기 마음에 닿는 일을 할 때와 그렇지 못할 때 만족도와 피로감은 전혀 다르다. 가장 좋은 것은 일이 자기 재능과 관심, 배우고 살아온 경험에도 맞을 때이다. 그럼 능률과 일의 즐거움이 배가될 것이다.

사실 감사하게도 나는 대부분 하고 싶은 일을 하며 살아왔다. 어려서부터 사회에 대한 관심이 많고 다른 누군가에게 도움되고 싶은 마음이 컸기에 청년 때부터 시민 사회운동에 발을 디디게 되었는데, 지금껏 그 영역을 떠나지 않고 있으니 말이다. 또, 언젠가부터 하나님 나라의 복음으로 세상과 이웃을 섬기고 싶은 마음이 생겨났는데, 지금껏 목사로 살아가고 있다. 50세가 넘어갈 무렵에는 그동안 가족 부양에 소홀했음을 뒤늦게 깨닫고 부업을 하되 머리보다는 몸을 쓰고 싶어서 택배와 대리운전을 시작했는데, 지금껏 필요할 때마다 부름을 받고 나도 기쁘게 일할 수 있으니 감사한 일이다.

다양한 일을 하면서 깨닫는 것은 무슨 일이든, 그 일을 하는 의미를 스스로 발견하려고 노력하면 훨씬 신나고 능률도 높여 일할 수 있다는 점이다. 이걸 프로 의식이라고 하면 좋을까? '일'을 한다고 해서 누구나 직업 정신, 프로 의식이 생기는 건 아니다. 그래서 일을 대하는 마음가짐이 참 중요한 것 같다.

그러나 놓치기 쉬운 것도 있다. 일해서 돈을 벌든 보람을 찾든, 결국 그것도 자신과 사랑하는 사람의 더 멋지고 행복한 삶을 위한 것이라는 사실이다. 그래서 최근에는 특히 젊은이들이 일에 미쳐 삶을 잊어버리지 않으려고 '워라밸' 곧 '일과 삶의 균형(Work and Life Balance)'을 매우 중요하게 여기고 있다. 더 젊은 시절, 일 중독자에 가까웠던 나는 이런 생각이 어색했지만 갈수록 그 중요성에 공감하고 있다.

가까운 내 동료는 매일 400~500개의 택배를 배송하며 수익이 우리 대리점에서 최상위권에 속한다. 그런데 적지 않은 나이에 온몸이 아프지 않은 데가 없고 늘 쫓겨 살아간다. 아이가 어려 더 벌어야 한다는 말도 맞지만, 가족과 함께 놀러 다닐 수 있는 시간도 점점 줄어가는 모습은 옆에서 보기에 짠하다. 돈도 중요하지만 여가 시간을 충분히 즐길 줄 알고 모은 돈을 가지고 1년 정도 해외에 나가 거침없이 사는 걸 우리는 생각조차 못 해봤다.

그러나 일이라는 게 꼭 내가 하고 싶은 일만 하고, 그래야만 보람된 것도 아니다. 싫은 일도 주어지면 열심히 해보는 가운데 정말 하고 싶은 걸 찾게 된다. 돈을 벌고, 하고 싶은 일을 찾는 것만큼이나 일을 대하는 자세를 익히는 게 중요하기 때문이다. 특히 젊은 시절에는 일하는 기본자세를 배우는 게 중요한 것 같다.

우리 터미널에는 매일 20명 정도의 아르바이트하는 분들이 있다. 그중에 유독 마음에 닿는 이는 20대 초반 남자 청년이다. 키가 크지 않고 마른 체형에 곱상하게 생겨 일하러 나오는 모습을 보면 아빠 마음이 발동해 항상 안쓰럽다. 그래서 나는 얼굴을 대할 때마다 먼저 말을 건네고 덕담과 격려를 아끼지 않았다.

그런데 이 청년이 예상과는 다르게 꽤 롱런하고 있다. 내가 본 것도 벌써 2년째 접어든다. 요즘 청년 알바라면 카페나 편의점이 대세인데 남들은 꺼리는 현장 알바를 아랑곳없이 열심히 하는 모습을 보면 대견하다. 지금은 못 느끼겠지만, 그 청년에게 지금의 경험은 세월이 흐를수록 두고두고 좋은 밑바탕이 되어 그를 성장시킬 것이다.

세상에 그냥 이루어지거나, 저절로 되는 일은 없다. 어떤 것이 있어야 할 그 자리에 항상 있다는 것은 당연히 그렇게 된 게 아니라 누군가 그걸 챙겨보며 관리하고 계속 신경 쓰고 있다는 뜻이다. 그냥 '돈 받으니까 당연하지'라고 넘길 일은 아니다.

나도 처음 개척교회를 시작했을 때 주일(일요일)에는 목사로서 설교, 교육, 심방 같은 목회 일에 전념했지만, 주일에 교회가 잘 돌아가게 하기 위해서 주중에 미리 할 일이 많았다. 가장 중요한 게 청소와 관리였다. 강단과 예배실, 방마다 물건을 정리하고, 청소하고, 화분에 물도 준다. 그리고 의자와 탁자 등의 줄을 다시 맞춰 정렬한다. 특히 세면장과 겸한 화장실 관리가 중요하므로 물청소와 변기 청소, 화장지 점검 등 소홀함이 없도록 챙긴다.

물론 예배 후 교인들도 설거지, 청소를 하고 가지만, 역시 주말에는 내가 다시 손을 봐야 한다. 이렇게 두 시간 정도 일하면 한겨울에도 땀이 날 정도로 힘이 들지만, 마음이 그렇게 뿌듯할 수가 없다. 교인들은 익숙한 풍경의 익숙한 배치라서 아무런 느낌이 없겠지만, 그걸 위해 나는 매번 최선을 다했고 그게 큰 보람이고 목회의 재미 중 하나였다.

사실 나도 전에는 몰랐다. 개척교회를 하기 전 규모 있는 교회 부목사로 일할 때는 청소와 관리는 따로 담당하는 직원이 있었기에 나도 늘 보는 풍경에 아무런 관심도 갖지 않았다. 그러나 이제는 내가 아무 것도 하지 않아도 누군가, 무엇인가를 늘 돌보고 살피는 손길이 있음에 새삼 감사하게 느낀다. 표 나지 않고 상 주지 않아도 묵묵히 자기 일을 하는 사람들이 있어 감사하다.

"공중의 새를 보라. 심지도 않고 거두지도 않고 창고에
모아들이지도 아니하되 너희 하늘 아버지께서 기르시나니 너희는
이것들보다 귀하지 아니하냐. …
들의 백합화가 어떻게 자라는가 생각하여 보라 수고도 아니하고
길쌈도 아니하느니라. 그러나 내가 너희에게 말하노니 솔로몬의
모든 영광으로도 입은 것이 이 꽃 하나만 같지 못하였느니라."

마태복음 6장 26, 28~29절

3장

택배가 내게 가르쳐준 것들

동네와 마을이 오래도록 남아 있기를

택배 일을 시작하고 나서 한 가지 버릇이 생겼다. 어디를 가도 택배 기사가 눈에 띄고 그 동네의 배송 환경을 살펴보고 있다. 택배 기사가 트럭 탑재함 문을 열어놓고 물건을 고르고 있으면 나도 함께 유심히 살펴본다. 어떤 물건들이 실려 있는지 둘러보고, '저 정도면 몇 시간쯤 걸리겠다.' 혼자서 계산도 해본다. 그 동네의 골목은 어떻고 차량 흐름은 어떤지가 눈에 들어올 때도 있다.

배송의 편의로만 보자면, 좁고 복잡한 골목이 많은 동네보다는 도로가 쭉쭉 뻗어 있고 바둑판처럼 동호수로 구획이 잘 나뉜 아파트가 백번 좋은 것은 말할 것도 없다. 그래서 택배 기사 중에서도 아파트가 많은 구역을 배송하는 사람은 동료들의 부러움을 산다.

한창 택배를 힘겹게 배울 때는 온 세상이 다 아파트면 참 좋겠다는 부질없는 생각도 했다. 그러나 제정신이 돌아오면 이웃이 오가며 아이들이 뛰노는 동네만큼 사람 냄새나는 곳도 없다. 우리나라는 이미 아파트가 많아도 너무 많다. 1980년대부터 도시화, 현대화와 함께 널리 보급된 당시의 아파트는 중산층의 상징이었다. 아파트와 규격화된 도시 구획으로 깔끔해진 서울은 성공하고픈 국민의 마음을 파고들었다. 서울은 갈수록 커지고, 인구도 많아졌고, 전국의 많은 도시들은 점점 서울을 닮아갔다.

나 역시 서울 성내동에서 태어나 경기도 근교만 돌아다닌 평생 수도권 사람이다. 살았던 곳 중 내 마음에 가장 남는 곳은 경기도 광명이다. 2004년 이사 간 하안동 주공5단지 아파트는 크게 높지 않은 주변의 다른 주공아파트와 어울려 그야말로 소박하고 서민적인 아파트 마을이었다.

아파트 단지 바로 옆에 이름도 재미있는 도덕산이 있어 가족 모두 자주 오르내렸다. 그런데 살다 보니 광명 전체가 그랬다. 광명시를 둘러싸고 구름산, 도덕산, 가학산, 철망산, 서독산 등이 이어져 있어 시민들은 어디에 살든 조금만 걸으면 금세 푸르고 울창한 숲을 거닐 수 있다.

광명은 산만 아니라 서울과의 경계를 나누는 안양천이 지나고 작은 개천이 있고 산의 옹달샘도 적지 않다. 더구나 구름산을 끼고 가리대 마을, 안터 마을, 설월리 마을 등 이름만 들어도 정겨운 자연 부락도 적지 않아 산에 오르다가도 일부러 멈춰 한참 살펴보게 된다.

그중에서도 일제 강점기부터 면사무소가 있었던 소하동의 설월리 마을은 초가집, 기와집 형태의 흔적을 여전히 찾아볼 수 있는 자연 부락이고 사찰과 가톨릭 기도 처소, 교회가 사이좋게 자리 잡은 광명의 자랑이기도 하다. 내게 광명은 아이들이 초등학교에서 고등학교까지 졸업하고 교회를 개척해 목회했던 곳이라 더욱 애착이 간다.

그러나 광명은 서울을 위해 개발되고 발전했다는 태생적 한계를 갖고 있기에 중요한 정책이 서울에서 먼저 결정된다. 2000년대 중반 이후 도시 전체가 크게 변하기 시작했다. 산과 숲이 아름답던 밤일마을이 음식점 숲이 되었고, 주공아파트를 허문 자리에 산보다 높은 고층 아파트가 병풍처럼 늘어서고, 산, 하천, 자연 부락을 가로질러 큰 도로를 여기저기 뚫어 놓았다.

광명은 서울시의 무한 확장을 위해 언제든 빼 먹을 수 있는 곶감처럼 인식되었다. 십수 년 전부터 뉴타운, 신도시 등 대규모 개발 예정지로 고시되었다가 취소되기를 거듭하더니 지금은 그나마 개발 손길에서 벗어나 있던 산자락과 농지까지 속속 파헤치고 있다.

광명에 갈 때마다 그걸 계속 목격하고 있다. 10년 전쯤 광명에 살던 때 몇 해 동안 농사를 지어본 적이 있었다. 부모 때부터 광명 원주민으로 살아 지금도 밭농사를 짓고 있는 지인 목사님이 내게 자기네 밭이나 가꿔보라고 권하셨다. 나는 태생이 서울 촌놈이라 어떤 게 풀이고 어떤 게 자라는 곡식 줄기인지도 구별 못 하던 생초보였다. 그러나 목사님께 배우고 주변에서 듣고 인터넷 찾아가며 고구마, 감자, 고추, 상추, 나중에는 가을배추와 무까지 골고루 심고 돌봤다.

나도 틈날 때마다 가서 물 주고 풀 뽑으며 소처럼 열심히 일하긴 했지만, 그렇게 말하기 미안할 정도로 기본적으로 땅이 너무 좋았다. 흙을 고르다 보면 굵은 손가락만큼 큰 지렁이와 땅강아지가 수시로 보였다. 그러다 보니 캐낸 고구마, 감자 등을 나눠 주기도 힘들 만큼 정말 풍성하게 거두었다. 도시 속 농촌이라는 광명의 또 다른 매력을 보여주던 곳이었다.

그런데 10년 만에 다시 방문한 동네는 곳곳이 뒤숭숭하고 가을바람만큼이나 썰렁했다. 목사님 사택이 있는 주택가는 전체가 3기 신도시로 수용되어 울긋불긋한 현수막들이 나붙어 있고, 큰 도로 건너 언덕과 밭, 산지는 산업단지로 수용되어 산자락은 이미 흉측하게 무너져 있었다.

조상 적부터 내려온 소중한 농민의 밭과 산을 국가가 최저가인 평당 40만 원에 후려쳐 강제수용해 갔다. 그 돈으로는 산 넘어 건너편 광명역사 부근 작은 평수 아파트도 살 수 없다. 그런데 LH 공사 직원들이 그렇게 빼낸 부동산 정보를 이용해 자신들의 땅 투기에 사용했음이 밝혀진 게 바로 그 무렵이니 농민과 원주민들의 분노와 배신감이 얼마나 크겠나?

나라는 개발과 건설이라는 공익을 앞세워 농민과 원주민의 땅을 최저가로 후려쳐 빼앗다시피 하여 민간 건설업자, 개발업자에게 싼값에 팔면, 그들은 그걸로 아파트와 상가를 만들어 비싸게 팔아 막대한 이익을 챙긴다. 그 과정에서 정보를 독점한 공무원과 공사 직원들이 투기에 가세하고, 개발의 공로를 안고 정치인은 재선된다.

반면, 강제로 땅을 빼앗긴 원주민과 오른 부동산 가격을 감당 못 하는 지역주민들은 더 싼 곳을 찾아 정든 마을을 다시 떠나야 한다. 아까 말한 설월리 마을도 이미 고층 아파트로 탈바꿈하기 위해 이주가 시작되어 여기저기 가림막이 즐비하다. 지금까지 우리나라의 도시개발은 이런 눈물의 악순환을 거듭해 왔다.

강제수용 당한 목사님네 산의 좋은 소나무 숲은 다 베어지고 깎인 채 지난여름 많은 비를 견디지 못하고 무너져 내려 지금은 커다란 파란색 가림막으로 둘러쳐 있었다. 지인 목사님은 유순함을 타고난 분인데도, 이에 대해 심경을 물으니 “그러게 말이에요. 보는 사람 트라우마가 너무 커요”라고 답톡을 보내오셨다.

그런데 2023년 보궐선거 참패 이후 다음 총선을 걱정하던 여당이 돌연 김포를 비롯한 서울 근교 지역의 서울 편입을 공언하며 표심을 자극했다. 당연히 지금껏 서울의 곳간 노릇을 해왔던 광명도 포함되어 있다. 여당의 광명 지구당에서는 역 주변에서 서울 편입 서명운동을 벌이기도 했다.

이 소식을 처음 들으며 나는 피가 거꾸로 솟는 느낌이 들었다. 안 그래도 대한민국의 모든 것을 다 빨아들여 비대할 대로 비대한 서울을 분산해야 한다는 사실은 누가 집권하든 동의한 지 오래인데, 한 도시의 미래를 아무런 공적 논의도 없이 돌연 선거공약 정도로 써먹는 몰염치에 할 말을 잃는다. 물론 서울 편입이라는 게 말처럼 쉬운 일은 아니다. 하지만 서울 편입이 되든 안 되든, 공약으로 언급되는 순간, 해당 지역의 부동산 시장은 근거 없이 춤추고 밀려날 사람은 더욱 많게 된다.

그나마 서민이 살 만한 여건과 환경이 남아 있던 광명도 갈수록 높아가는 부동산과 개발 수요에 밀려 오랜 지역주민은 떠나고 지역의 색채를 잃고 회색 메가 서울을 닮은 모습으로 채워져 갈 것이다. 대한민국의 도시와 발전이라는 게 왜 이렇게 천편일률적이고 획일화하고 거대화해야만 하는지 진지하게 묻고 싶다. 대한민국 어디나 조금의 빈틈만 생겨도 기어이 도로를 내고, 땅을 파헤치고, 아파트를 지어야만 직성이 풀리는 건지 알 수가 없다.

사람 살이가 크고 화려함, 편리함으로만 정리되지 않는데 대한민국의 삶은 여전히 같은 색깔, 같은 느낌밖에는 허락하지 않는다. 나는 단지 지나친 개발을 멈추고 환경을 보존하자는 정도를 말하려는 게 아니다. 일제 강점, 분단과 전쟁, 가난, 독재의 20세기를 넘어 이제 21세기에는 무조건 개발, 무한성장 대신 이웃과 조화하고 자연과 화해하는 대한민국으로 전환하면 어떨까 싶은 것이다. 택배 배송이 조금 힘들어진다고 해도 동네와 마을이 대한민국에 오랫동안 남아 있으면 좋겠다.

"강 좌우 가에는 각종 먹을 과실나무가 자라서 그 잎이 시들지
아니하며 열매가 끊이지 아니하고 달마다
새 열매를 맺으리니 그 물이 성소로 말미암아 나옴이라.
그 열매는 먹을 만하고 그 잎사귀는 약 재료가 되리라."

에스겔 47장 12절

스티로폼 아이스박스의 불편한 진실

지금은 택배뿐 아니라 배달 전성시대다. 특히 1인 가구가 늘고, 코로나 2년을 겪으면서 배달은 종류도, 수량도 더욱 늘어났다. 그런데 나 자신도 배달 일을 하면서 늘 염려되는 것은 엄청나게 쏟아져 나오는 포장 쓰레기들이다. 설명이 필요 없을 정도로 누구나 느낄 것이다.

그 가운데 최고는 역시 스티로폼 아이스박스다. 사실 냉동식품이나 액체류 제품에 스티로폼이 없다면 개별 배송 자체가 어려울 만큼 이제는 값싸고 간편하게 이용할 수 있는 생활용품이다. 그러나 딱 한 번 사용할 때까지만 좋다. 사용 후에는 스티로폼만큼 애물단지가 없다. 물론 사용 후에도 화분이나 액체 용기

등으로 활용하는 방법이 없는 것은 아니지만, 용도에 비해 부피도 크고 수량도 너무 많다. 종이류나 다른 재활용품처럼 모아두거나 다양하게 활용하기가 어렵다. 결국 버리게 된다. 그러나 스티로폼 제품은 버리기도 쉽지 않다. 예전에는 재활용이 안 돼 조각내어 종량제 봉투에 넣어 버리도록 해서 일일이 조각내었는데 작아질수록 쪼개기도 힘들고 웬만한 봉투 하나론 어림도 없다.

지금은 분리배출이 가능하다. 다만, 봉쇄 테이프와 송장, 스티커 등을 다 떼어낸 후 하얀 상자만 내놓아야 한다. 택배 기사들에게도 아이스박스는 반갑지 않은 물건이다. 우선, 가장 큰 문제가 깨지면 피곤해진다는 점이다. 특히 가게나 식당 배송용 물건들은 부피도 크고 내용물이 많아 옮겨지는 과정에서 적지 않게 깨진다. 그러면 내용물이 나와 테이핑도 다시 해야 하고, 배송이 끝나는 때까지 신경을 많이 쓰게 된다. 매일 배송품의 30% 정도가 이런 제품이라고 보면, 완전 파손이 아니라도 조금씩 깨져 나간 박스 조각과 알갱이들이 트럭 탑재함 안에는 늘 굴러다닌다. 겨울처럼

늘어나는 택배만큼 환경에 대한 고민도 더해간다.

건조한 계절에는 그게 배송 기사 옷에 들러붙어 여간해서는 떨어지지도 않는다. 눈에 보이든 보이지 않든, 스티로폼 알갱이는 제법 많이 날아다닌다. 특히 부력이 있어 강이나 바다로 흘러 들어간 알갱이들을 먹은 수생 생물들이 제대로 잠수하지 못해서 죽는 경우가 적지 않다는 뉴스도 보게 된다.

다행히 요즘에는 스티로폼과 같은 효과와 기능을

가지면서도 환경 피해는 훨씬 덜한 종이 보냉박스도 생산되고 있다고 한다. 그러나 아직도 크게 보급되지 않아 상대적으로 비싸고 일반 상점에서 쉽게 사지도 못한다. 또 배송 물품을 두 겹, 세 겹 너무 많이 싸거나 물품 크기에 비해 과포장된 경우도 개선이 필요하다. 그래도 이렇게 환경을 생각하며 피해를 최소화하려는 노력들이 계속되어 참 다행이다.

배달 전성시대의 꽃은 역시 음식 배달일 것이다. 우리는 식당 배송도 많이 하는데 그중 가장 많은 게 일회용 배달 용기다. 한 번에 5~10개 정도 배송하는데도 거의 매주 한두 번은 배송한다. 그만큼 배달 음식 수요가 많다는 것이다. 요즘 배달 음식은 용기를 회수해 가지 않기 때문에 결국 가정에 쌓이게 되는데 배달 음식을 자주 이용하면 그 양이 적지 않을 것이다. 반찬이나 국 용기 같은 경우는 깨끗이 닦아 계속 사용하면 되니 재활용이 쉽긴 하지만, 양이 많아지면, 대개 버려진다는 게 문제다. 오해 말라. 나도 배달을 하는 사람으로서 일회용 제품을 당장 사용하지 말자거나 배달 음식을 이용하지 말자는 말이 전혀 아니나. 개인이 어쩌기 쉽지 않은 부분이 많다. 더 좋은 사회적, 국가적 대책이 계속 만들어져야 한다.

내가 어렸을 때만 해도 '자연보호'라는 말을 많이 썼다. 쓰레기를 아무 데나 버리지 말고 산에서 꽃이나 나무를 꺾지 말라는 식이다. 그러나 세월이 흘러 그 정도로도 될 일이 아니라는 것을 모두가 느끼기 시작하면서 이제 환경에 대한 고려는 모든 영역, 생활에 이르기까지 널리 확산되었다.

그저 인간이 동식물들을 보호한다는 의미였다가(자연보호), 2000년대 들어 빙하가 녹아 해수면이 낮은 섬나라들이 고통을 겪고, 지구촌 곳곳에서 자연재해들로 고통받는 이웃들의 뉴스를 접하는 빈도도 높아졌다. 그러나 그건 여전히 남의 일로 여겨졌다. 2010년대 들어와 소, 돼지, 닭, 오리 등 가축들의 잇따른 전염병으로 수만, 수천만 마리를 폐사하고 도시민들도 그걸 먹느니 못 먹느니 하는 지경에 이르자 우리의 문명이 정말 지속 가능한 것인가를 묻게 되었다.

2019년은 반년 가까이 전국을 뒤덮은 미세먼지로 인해 처음으로 국민 모두 마스크를 끼는 경험을 했다. 마치 예행 연습이라도 한 것처럼 2020년 온 세계를 뒤덮은 코로나 사태로 모든 인류는 위기의 지구촌에 살고 있음을 실감했다. 그리고 지금, 코로나 사태는 일단 극복했지만, 언제 어떤 모습으로 기후 위기가 다시 찾아올지 아무도 장담할 수 없다. 다른 생명체들의 일로부터 시작해 다른 나라 이야기로, 이제는 정말 나 자신의 일로 찾아온 것이다. 필(必) 환경시대가 된 것이다.

무엇보다 기후 위기 문제는 우리 기성세대보다 아직도 오래 살아야 할 다음 세대에게 막대한 짐이다. 요즘 MZ 세대는 결혼도, 출산도 하지 않으려 한다고 염려들이 많지만, 거기에는 단지 경제 문제를 넘어 점점 악화되어 가는 지구환경의 위기를 더욱 민감하게 느끼는 바가 크다. 그에 비하면 우리 기성세대는 여전히 너무 태평하다.

몇 해 전 여름 대리운전을 한 적이 있는데 그때 고객과 나눈 이야기가 여전히 기억에 남는다. 코로나 시절이라 자연스럽게 기후 환경에 대한 이야기를 나누게 되었다. 우리 둘 다 기후 위기에 대한 염려에는 공감했지만, 뜻밖에도 그는 자기 살아생전에는 그런대로 괜찮을 것 같아 크게 상관없다고 했다. 언뜻 보니 내 또래인 것 같아 "그래도 우리 자식들 살아갈 시절을 생각하면 걱정되지 않냐"라고 물었다. 그런데 그는 "그건 또 그 아이들 몫이니 내 알 바 아니다"라고 대답해 할 말을 잃었다. 나중에 귀가해 20대 딸에게 그 얘기를 전했더니 "그러면서 어른들은 어떻게 우리에게 결혼해라, 애 낳아라 할 수 있느냐"라며 혀를 찼다.

후쿠시마 원전 오염수 방출 문제로 온 나라가 들썩였다. 정치권의 공방은 둘째치고라도 항상 급한 불만 끄고 나면 다시 어떻게 되겠지 하는 안일함으로는 지속 가능한 지구 생활이 더욱 힘들어질 수 있다. 지구촌은 탄소중립 시간표까지 함께 만들어 임박한 위기를 극복하자며 결의하지만 최고의 탄소 방출량을 자랑하는 군비 증강에는 모두 혈안이 되어 있다. 그러나 꼭 비관하는 건 아니다. 인류가 생겨난 후 지금껏 지구가 몇 번은 없어져도 남을 위기가 있었겠지만, 정말 죽을 길 앞에서는 멈춰서 다시 살길을 찾아가는 게 인간이 아닌가 싶다. 택배도 틀림없이 지속 가능한 지구 생활을 위해서 하는 거다.

"그때에 이리가 어린 양과 함께 살며 표범이 어린 염소와
함께 누우며 송아지와 어린 사자와 살진 짐승이 함께 있어
어린 아이에게 끌리며, 암소와 곰이 함께 먹으며 그것들의 새끼가
함께 엎드리며 사자가 소처럼 풀을 먹을 것이며,
젖 먹는 아이가 독사의 구멍에서 장난하며 젖 뗀 어린아이가 독사의
굴에 손을 넣을 것이라."

이사야 11장 6~8절

택배 기사의 대리운전 이야기

나는 택배 일만큼은 아니지만, 한동안 대리운전 기사로도 꽤 일한 적이 있다. 대리운전 일을 처음 알게 된 것은 2019년 노숙인 쉼터 시설장을 하고 있을 때였다. 당시 우리 쉼터는 그해를 끝으로 시설을 폐쇄하기로 한 상태라 나는 부득이 새로운 일터를 찾아야 할 상황이었다. 그런데 우리 쉼터에 입소해 있던 한 분이 대리운전 기사였다.

그는 매일 늦은 오후나 초저녁에 일을 나가 새벽에 들어와 한낮까지 잠을 자는 뒤바뀐 생활을 매우 부지런히 해나갔다. 하는 일로 밤낮이 뒤바뀌다 보니 다른 사람과는 거의 어울리지 못하고 자기 나름대로 혼자만의 일상을 채워갔다. 스스로 매일 정해진 시간 동안은 무조건 나가서 일한다는 원칙을 세우고 아주 성실하게 지켰다. 본래 우리 쉼터는 입소인의 자활을 독려하기 위해 특별한 사정이 없으면 아침에 무조건 나가 늦은 오후에 들어오는 게 규정이었다. 그러나 직업이 밤에 하는 일이었기에 그분만은 예외였다.

전에도 말했듯이 목회와 사회운동을 한편에 두고 있는 우리 같은 사람은 전업이 어려워 배달이나 운전 같은 일이 가장 무난했다. 그분 역시 쉼터의 폐쇄를 알고 있던 터라 대리운전 일을 상의하니 대번에 아주 좋다고 내게 권했다. 운전만 할 줄 알면 특별한 진입 장벽도 없고, 자기가 일하는 만큼 수익을 올릴 수 있으니 이보다 좋은 일이 어디 있냐는 것이다. 용기가 났다.

쉼터가 폐쇄되기 얼마 전부터 시험 삼아 퇴근길에 콜(고객의 운행 요청)을 잡아보았다. 저녁밥을 서둘러 먹고 전투에 나가는 군인의 심정처럼 허리띠를 졸라매고 긴장하며 기다렸다. 쉼터 지인의 조언대로 반경 1.2km 안에서 부르는 첫 번째 콜을 잡아 고객이 있는 곳으로 달려갔다.

예정대로 쉼터가 폐쇄된 후 제법 오랫동안 대리운전을 했다. 코로나 이전에는 가끔 아침나절에도 콜을 잡기도 했지만, 코로나 이후에는 거의 밤에만 집중되었다. 대리운전을 하기 위해서는 먼저 공용 콜을 잡을 수 있는 대리운전 중개회사에 가입해야 한다. 회사의 앱을 깔고, 매월 콜 사용료와 함께 운행할 때마다 수입의 20%를 수수료로 공제한다. 그리고 만약을 대비한 보험에도 가입하여 월 보험료도 낸다.

대리운전 일을 할 정도면 운전에 어느 정도 자신 있는 사람일 것이다. 나도 그렇다. 목회자에게 교회 봉고차 운전은 필수였던 시절이라 1990년 25살이던 신학대학원 1학년 때 학교 학생부가 운전학원과 연결해 마련한 속성 과정에서 1종 보통 면허를 몇 달 만에 땄다.

그러나 당시만 해도 도로 주행 시험이 없던 때라 면허를 따도 차를 몰 줄도 몰랐고, 몰 일도 없었다. 나도 한동안 소위 '장롱면허'였다. 그러나 몇 년 후 교회 차를 몰아야 한다는 직업 정신은 역시 빠른 시간 안에 일취월장 실력을 키워주었다. 지금은 찾아볼 수 없는 3인 좌석, 5열씩 무릎이 닿을 정도로 촘촘하게 배열된, 당연히 수동인 15인승 승합차를 후진 주차하면 여성 교인들이 감탄하였고, 나는 설교할 때보다 더 으쓱했다. 오래된 얘기다. 대리운전 콜 중에는 수동 기어 차나 트럭, 봉고 같은 요청도 가끔 들어온다. 운전 경력이 오랜 우리 같은 기사가 빛을 발할 순간이다.

그런 나도 대리운전은 매번 긴장된다. 생전 처음 운전해 보는 남의 차이기 때문이다. 더구나 요즘은 예전과는 비교할 수 없을 정도로 여러 종류의 차들이 있는 데다가 주로 중형차이고, 외제 차도 정말 많다. 같은 차종인데도 차마다 계기의 위치와 작동방식이 다를 때도 있다.

매번 쉽지 않다. 사실 운전석 앞 유리에 비치는 속도 계기판과 좌석에 앉을 때마다 좌석 위치가 자동조절 되는 것도 대리운전하면서 처음 알게 된 일이다. 대리운전하지 않은 지 벌써 몇 년 사이에도 아마 훨씬 더 다양하게 바뀌었을 것이라 짐작할 수 있다. 소유자에게는 갈수록 기능이 편리해져 가는 것이겠지만, 대리운전 기사에게는 급속한 변화가 부담되는 것은 어쩔 수 없는 일이다.

그래서 매번 차에 탈 때마다 계기판을 전반적으로 살펴본다. 대부분은 보거나 찾으면 금세 알겠는데, 가끔 아무리 둘러봐도 도무지 원하는 기능을 찾기 어려운 경우도 있다. 그러면 모르면서 남의 차를 아무 데나 작동해볼 수가 없어 당연히 '어떤 기능이 어디 있는지' 고객에게 묻는다.

대부분은 잘 대답해 주지만, 가끔 '그런 것도 모르냐'는 표정을 지으며 면박을 주며, 고까운 표정으로 가르쳐주는 사람도 있다. 한번은 기능을 묻자 도무지 못 믿겠다는 식으로 소리소리 지르더니 대리 취소하겠다는 막무가내 고객도 있었다. 술을 마신 진상이라 그렇다고 스스로 위로해도 분한 마음은 가시지 않는다.

대리운전은 어차피 술을 마신 후 부르는 것이라 진상 고객은 당연히 있다. 그러나 코로나 이전 만취 승객이 많던 것에 비하면 회식문화가 많이 사라진 최근은 식사와 더불어 간단히 한잔씩 한 분이 많아 대개는 점잖게 간다. 운행하는 내내 서로 좋은 대화를 나누는 경우도 많다.

반면, 도착할 때까지 술에 취해 정신을 차리지 못하고 깨워도 일어나지 않거나 돈을 주지 않는 경우도 가끔 있었다. 또 고객이 있는 곳까지 열심히 달려가 보면 다른 대리를 또 불러 가버리거나 예정보다 조금 늦게 왔다고 취소한다며 우기는 분도 있다. 1, 2만 원 벌겠다고 10여 분 이상 거의 뛰며 달려온 애타는 심정을 너무 몰라줄 때는 정말 야속했다.

당연하지만 우리는 차라리 주무시는 고객이 편하다. 자기 집이니 가는 길이야 자신이 더 잘 알겠지만 우리는 네비게이션을 이용하기에 어느 방향이 최단거리며, 안 막히는 코스인지 잘 모른다. 도착할 때까지 뚫어지게 주시하며 사거리를 지날 때마다 "어, 더 빠른 길 있는데, 왜 이리 가지?"라며 혼잣말을 하면 정말 신경 쓰인다.

그러면 나도 "우리는 네비게이션만 보고 가니, 더 잘 아시는 길이 있으면 아예 가르쳐 주실래요?"라고 묻는데, "아녜요. 상관없으니 알아서 가세요"라고 대답하고서도 여전히 길마다 한마디씩 덧붙인다. 어쩌라는 건지! 어떤 분은 택시와 혼동하여 "왜 일부러 먼 길로 돌아가느냐?"라며 따지는 분도 있어 우리는 택시가 아니니 오해 말라고 설명해 주기도 했다.

대리기사의 임무는 고객이 원하는 곳에, 주차까지 해주는 게 원칙이다. 그러나 촘촘히 늘어선 좁은 주차 구역선에 고객이 원하는 만큼 정확하게 주차하기 위해서는 신경이 곤두선다. 내가 볼 때는 거의 일자로 잘 주차했다고 생각하는데도 고객이 더 정확하게 해 달라고 하면 여러 번 들락날락하며 막판에 긁지라도 않을까 정말 긴장된다.

실제로 그런 적이 있었다. 목적지까지는 잘 도착했는데, 아파트 지하 주차장에 들어서 여러 번 후진 주차를 시도하다가 뒤 범퍼가 긁혔다. 일제 고급차였다. 난감했지만 보험처리하는 것으로 연락해서 진행하는데, 수리 비용이 대리운전 보험의 한도를 넘어 초과분은 추가 정산하란다. 이런, 2만여 원 받고 크게 한 건 했다. 주차선 안에 잘 들어가 좌우에 문 여는 데 큰 어려움 없으면 너무 주차에 대한 부담을 주지 않으면 좋겠다.

가리봉동에서 만난 차별의 얼굴

구로동과 가리봉동 일대는 2000년대 초까지도 수출을 목적으로 설계된 구로공단의 중심이었다. 그러나 국내외 경제 구조의 변화와 맞물려 2000년대부터 새로운 디지털산업의 중심지로 빠르게 탈바꿈해 갔다.

당연히 그곳에 거주하고 드나드는 사람들도 변해갔다. 농촌에서 올라온 한국인 노동자들이 떠나간 자리를 디지털 기술에 익숙한 젊은 세대와 일자리를 찾아 한국에 온 중국 노동자들이 채워갔다. 중국인과 중국 교포는 주로 주변의 건축 및 소규모 공장에 출근하는 일용직 노동자들이다. 그래서 그 주변에는 인력사무소가 많다. 출퇴근 시간이 되면 이들을 실어 나르는 승합차들이 바삐 돌아다닌다.

나 역시 가리봉동 배송을 할 때는 이들을 많이 만났다. 한국인 주인집에 중국인 또는 교포 세입자가 사는 식이다. 처음에는 나도 이들과 부딪히는 일이 많았다. 일단 언어장벽이 가장 큰 원인이다. 한국에 온지 얼마 되지 않은 분들이 택배를 시켰으니, 주소지를 엉뚱하게 기입한 경우가 제법 있다. 전화를 해도 서로 말이 통하지 않고 주변을 돌며 수소문해도 모른단다. 나중에는 가리봉 시장에서 식료품 가게를 하는 중국 교포와 친해져서 그에게 대신 통화를 부탁하며 해결했다. 그런데 그런 일이 잦아지니 어느새 나도 혼잣말로 중국 사람들을 비난하고 있었다. '왜 남의 나라 와서~, 주소도 제대로 모르면서 택배는 왜 시켜?'

그런 일들은 아침 물품 정리 시간에 택배 기사들 사이에서 흔히 나오는 말이다. '중국 놈들은 이렇고, 저렇다.' 마동석 시리즈로 이어지는 영화 〈범죄도시〉는 그들의 이미지를 더 선명하게 부각시켰다. 그러나 이는 단지 우리 같은 사람들이 현장에서 겪는 불편함으로 인한 투정만이 아니다. 실제 최근 수년 사이에 한국인들의 중국(인) 혐오의식은 눈에 띄게 늘어났다. 일상 대화의 자리는 물론 포털사이트와 영상에서도 중국인을 폄하하고 깎아내리는 내용이 제법 흔하다. 물론 우리는 중국인을 싫어하게 된 이유를 얼마든지 댈 수 있다. 그러나 '누가 누가 싫다'는 표현이 심심찮게 들려올 때는 개인의 잘잘못을 넘어서 이미 사회적 습관이 된 것이다. 일단 그들이 싫고, 거기에 이유를 갖다 붙이게 된다.

그것은 특정 나라 사람을 싫어하는 것도 유행을 탄다는 데서 알 수 있다. 우리가 대체로 일본을 싫어하는 것은 역시 식민지 역사 때문일 것이다. 그러나 의외로 일본 사람은 크게 싫어하지 않는다. 내 생각은 이렇다. 중국인을 비롯한 동남아, 중앙아시아 사람들은 대개 우리나라에 돈을 벌기 위해 일하러 온다. 그래서 행색이 초라하고 표정이 무겁고 주로 현장 일터나 허름한 옛 동네 골목에서 쉽게 만난다. 우리도 생각 없이 함부로 대하게 된다.

반면, 일본 사람이나 서구인은 관광 목적으로 오는 경우가 많다(물론 요즘은 중국인도 관광하러 오는 사람이 적지 않지만). 가벼운 일상복을 입고 밝은 목소리로 떠들며 거리를 성큼성큼 지나다닌다. 특히 몸집 좋은 서구인들 앞에서는 우리가 마치 외부인인 것처럼 주눅 들어 하기도 한다. 지하철에서도 동남아 사람은 조용히 앉아 가지만, 서구인들은 자신감 있게 자기들끼리 큰 소리로 이야기하는 것을 자주 본다. 국제화 시대에 태어난 MZ세대는 좀 다를지 모르겠지만 우리 같은 기성세대는 우리가 가난한 나라 사람이라는 의식을 갖고 자라서인지 아무래도 나라의 살림살이 정도에 따라 외국인을 판단하는 경향이 많은 것 같다.

몇 년 전 일행들과 네팔을 2주간 방문할 일이 있었다. 대개 나보다 조금씩 나이가 많은 분들이었는데, 공항에서 내려서부터 돌아오는 날까지 우리나라와 비교해서 얼마나 낙후되어 있는지가 주요 대화거리였다. 가는 곳마다 '여기는 우리나라 70년대다, 우리나라 시골 어디에도 이런 곳은 없다'라는 식이었다. 그러나 우리의 그런 생각은 낯선 것이 아니다. 우리나라보다 경제적으로 못한 나라를 방문하고 돌아온 분들의 여행기에는 약방의 감초처럼 그런 폄하가 끼어 있는 경우가 많다. 우리가 가난하게 살다 부자 나라가 되니 이제는 우리보다 가난한 나라 사람들을 못난 사람들로 보는 경향이 있는 것 같다.

그런데 우리도 1960~80년대 외국에 돈 벌러 나간 분들은 외국에서 그런 취급을 받았다고 한다. '코리아'가 어디 있는 나라인지도 모르고, 아시아 사람들은 '더럽고, 거짓말하고, 시끄럽고, 믿지 못한다'라는 취급을 받았다고 한다. 그런데 수십 년 지나 이제 우리가 먹고살 만해지니 또 다른 가난한 나라 사람들을 그렇게 취급하는 건 아닌지 생각해 본다. 특히 우리 자신이 아시아인임에도 서구인을 같은 아시아 사람보다 더 존중하는 경향이 있는 건 사실인 것 같다.

명지대 정치외교학과 정회옥 교수가 쓴 『한 번은 불러 보았다』(위즈덤하우스, 2022년)라는 책이 있다. 이 책은 우리가 아무 생각 없이 불러대는 이방인에 대한 호칭이 얼마나 깊은 차별적 고정관념에 물든 것인지 낱낱이 보여준다. 내용을 자세히 소개하지 않고 목차의 제목만 살펴봐도 우리 속에 공유된 고정관념을 인정하게 된다.

'흑인보다는 낫지만, 백인보다는 모자란'이라는 소

제목은 우리가 갖고 있는 자화상을 잘 보여준다. 특히 미국(인)에 대한 특별한 인식은 세계 어느 나라에 뒤지지 않는다. 같은 아시아인이지만 일본도 개화기 때부터 자신들은 똑같은 아시아인이 아니라는 자부심이 있었다(탈아론〈脫亞論〉). 우리도 어느새 그와 비슷한 생각을 갖고 있는 것 같다. '우리는 동남아는 물론 중국같이 후진 아시아 나라가 아니다'라는 자존심 같은 것 말이다. 그러고 보면 지금 정부에서 목숨 걸고 추진하려는 '해양문명론-한미일 가치동맹'도 비슷한 생각의 정치판 버전인 것 같다.

2부의 제목은 '멸칭의 행간: 피부색, 민족, 경제력, 종교'이다. 우리는 '노란 피부 하얀 가면'을 쓰고 '백색 신화'에 빠져 있다. 그래서 '개인을 집단으로 뭉뚱그리는 반흑인성'을 가지고 피부가 검으면 그냥 '흑형'이라고 부른다. 10여 년 전쯤 어느 TV 프로그램에서 본 장면이 생각난다. 아프리카 어느 원시 부족을 찾아가 촬영했다. 그런데 그 카메라 앵글은 원시 부족 앞의 문명인이라는 자부심 때문인지 정말 거침이 없었다. 특히 그곳 부인네들이 가슴을 늘어뜨리고 반나

체로 다니는 모습을 모자이크 처리도 없이 용감하게 내보냈다. 우리나라나 소위 문명사회라는 곳에서라면 그런 장면은 꿈도 꾸지 못할 것이다. 결국 찍는 이나 보는 이나 아직도 창 들고 수렵 채집하는 아프리카 원시 부족은 사람(문명인)이 아니라 고등 유인원쯤으로 취급하는 것이다.

'짱깨: 비슷해서 더 싫다'를 보자. 우리에게 지금 익숙한 장면이다. 그리고 지금은 많이 달라졌지만, 순수한 단일민족 신화에서 비롯된 혼혈인 배제의 호칭인 '튀기'도 있다. 내가 어린 시절 70년대에 대표적인 혼혈 가수 둘이 생각난다. 나도 다른 이들처럼 '튀기'라고 불렀다. 그런데 같은 혼혈이라도 흑인 계통의 곱슬머리 '박일준'은 우리가 불쌍하게 생각하고 무시하는 마음이었다면, 백인 혈통의 큰 키와 수려한 외모의 '윤수일'은 오히려 한국인도 갖지 못한 비주얼로 부러움을 샀다. 돈 벌러 와서 비닐하우스에서 사는 사람으로 상징되는 '똥남아' 이주노동자는 우리의 밥이다. 마지막으로 나와 같은 기독교인의 대표적 혐오와 차별 대상인 '개슬람'(이슬람)도 빠질 수 없다.

차라리 이러저러한 이유가 있어서 싫은 것은 덜 위험할 수도 있으나, '괜히 싫다'는 마음은 정말로 위험한 것이다. 괜히 싫은 마음이라면 필요에 따라 무엇이든 얹어서 마음껏 혐오하고 미워해도 좋은 정당화가 되기 때문이다. 히틀러는 "그들의 외견만 보더라도 그들이 물을 좋아하지 않는다는 걸 알 수 있고, 종종 유감스럽게도 눈을 감고 있어도 그걸 느낄 수 있다. … 냄새 때문에 기분이 나빴다. 게다가 그들은 의복도 더러웠고 모습도 늠름하지 못했다."(『나의 투쟁(상)』, 서석연 옮김, 범우사)라고 썼다. 그리고 10여 년쯤 후에 실제로 유대인이라는 이유만으로 그들을 무자비하게 죽였다.

세상에 그 누구도 편견과 잘못된 습관 없이 사람을 대하기는 어렵다. 상대를 '좋다 나쁘다' '옳다 그르다'로 판단할 수밖에 없다. 그러나 특정 부류의 사람을 고정된 선입견으로 대하고, 이유 없이 싫어하거나 좋아한다면 '나도 중증이구나' 생각하며 서둘러 고쳐야 할 것이다. 내가 누군가를 대하는 똑같은 판단을 나도 받게 되어 있다.

“사람을 차별하여 대하지 말라. 만일 너희 회당에 금 가락지를 끼고 아름다운 옷을 입은 사람이 들어오고 또 남루한 옷을 입은 가난한 사람이 들어올 때에 너희가 아름다운 옷을 입은 자를 눈여겨 보고 말하되 ‘여기 좋은 자리에 앉으소서’ 하고 또 가난한 자에게 말하되 ‘너는 거기 서 있든지 내 발등상 아래에 앉으라’ 하면 너희끼리 서로 차별하며 악한 생각으로 판단하는 자가 되는 것이 아니냐?”

야고보서 2장 1~4절

전라도와 중국인

앞선 글을 인터넷에 연재했을 때 나의 예상과는 다르게 굉장히 뜨거운 반응이 있었다. 무엇보다 놀란 것은 내 글 대부분이 인종, 빈부, 종교 등 다양한 사례를 언급했음에도 불구하고 댓글은 철저히 중국(인)에 대한 호불호에만 집중된 것이었다. 현재 우리나라 사람의 중국인에 대한 관심은 정말 뜨겁다는 걸 새삼 느꼈다.

그래서 비슷한 얘기를 한 번 더 하려고 한다. 우리의 맹목적 편견, 사회적 차별이 얼마나 심각한지, 그리고 그게 얼마나 악용되기 쉬운지 이번에는 외국이 아닌 우리의 아픈 얘기를 하겠다. 오해를 피하기 위해 먼저 밝힌다. 나는 1966년 서울 강동구 성내동에서 태어났고 지금껏 수도권을 벗어나지 못했다. 아버지는 경기도 광주, 어머니는 경기도 수원 분이다.

나는 분명히 기억한다. 내가 청소년 시절이던 1980년대부터 어른들의 대화 중에 심심치 않게 '전라도 사람들은'이라는 말이 들렸다. 이런 식이다. '전라도 사람은 거짓말쟁이라 믿지 못한다.' '전라도 사람들은 위험하고, 간첩이 많다.' '전라도 사람과 사업을 하거나 결혼을 하면 안 된다.' 그리고 그런 전라도 사람들 중의 괴수가 김대중 씨라는 것을 몇 년 후 알았다. 어느 날 김대중 씨가 우리나라를 뒤엎으려고 내란을 획책한 혐의로 구속되었다는 신문 헤드라인을 보았다. 지금 와서 생각하면 그때가 1980년 5월인 거다. 과장이 아니다. 나는 어려서부터 사회문제에 관심이 많았다. 아무튼 그때부터 한동안 나도 사투리 구분도 하지 못하는 전라도 사람과 김대중을 위험하고 무서운 사람으로 생각했다.

그렇게 대학에 갔고 거기서 김대중 씨와 전라도에 대한 다른 이야기들을 듣고 많이 놀랐던 기억이 난다. 이런 일도 있었다. 대학 1학년 때 단짝 친구가 자기 고향집 모내기 좀 도와달라고 해서 충북 어느 시골에 갔다. 그때만 해도 이양기 같은 기계 없이 여러 사람이 길게 늘어서 포기포기 심어나가던 때였다. 일이 힘드니 주변 사람들과 이런저런 이야기를 하며 힘겨움을 이겨야 했다. 그런데 그중에 어느 30대쯤의 아저씨 하나(얼룩무늬 예비군복을 입었다)가 유독 주변 사람들에게 미움과 따돌림을 받았다. '전라도 사람'이었다.

그중 어느 사람은 자기가 군대에서 독한 전라도 고참을 만나 죽도록 고생했다며 전라도 사람은 다 나쁜 놈이라고 면전에 대고 이를 갈았다. 그럴 때면 말리는 게 아니라 놀랍게도 주변의 다른 사람들도 비슷한 사례를 꺼내 들고 함께 비난을 했다. 더 놀라운 것은 그런 '말도 안 되는' 비난을 듣는 당사자도 궁시렁대면서도 당연하게 여기더란 것이다. 내가 나서서 뭐라고 하지는 못했지만, 참으로 불의하다는 생각은 했다.

아무튼 청년이 된 나는 김대중 씨와 전라도 사람을 더는 청소년 때처럼 생각하지는 않게 됐다. 그리고 김대중 씨와 호남에 대한 악착같은 저주가 군사정부의 오랜 기획이었음이 나중에 확인되었다. 그러나 사람들의 관습적 편견은 참 오래갔다. 특히 1987년 민주화운동 이후 부활한 대통령 선거 때마다 기성세대의 입은 더욱 거칠어졌다. 김대중이 대통령이 된다면 북한이 곧 쳐들어올 것이고 전라도 사람들은 만세를 부를 것이라고 말이다. 그러나 1997년 마침내 김대중 씨가 대통령이 되었고 이후 26년이 지나며 호남이 강세인 정당이 두 번 더 집권했지만, 북한은 쳐들어오지 않았다.

내가 정말 이해할 수 없는 것은 세상에 수없이 많은 거짓말쟁이, 사기꾼, 못된 사람이 있어도 그들은 오직 전라도만 기억한다는 것이다. 나에게 피해를 입힌 사람이 때로 서울, 부산, 충청도, 경상도 사람이라 해도 아무도 "내가 서울, 부산, 충청도, 경상도 사람에게 사기 당했다"라고 말하지 않고, '그놈 나쁜 놈'이라 한다. 그러나 그 사람이 전라도 사람이면 '전라도 사람이 나에게 이렇게 했다'고 지역을 말한다. 그러므로 한국 현대사의 지역 차별은 정확히 말하면 일반적 지역감정이 아니라 호남 왕따였다. 그리고 지금은 수도

권만 벗어나면 모든 지방을 다 무시하는 철저한 지방소멸의 시대다.

수십 년이 지나서 지금 또 다른 표적을 중국(인)에서 본다. 한국인의 곱지 못한 눈에는 오직 중국(인)만 보이는 것 같다. 세상 모든 인종, 국가, 종족이 좋은 사람도 그렇지 못한 사람도 있을 텐데, 유독 중국인들만 콕 집어 나쁘다는 것은 이미 차별의식에 깊이 물든 것이다. 노파심에서 다시 말하지만 나는 중국(인)과 아무런 연고가 없다. 아는 사람 하나 없다. 두둔하려는 마음도 전혀 없다. 오히려 개신교 목사로서 시진핑의 종교 탄압과 중국의 수많은 인권 탄압 사례를 규탄하며 가슴 아파한다.

그러나 한국인에게는 무엇이건 생각해 볼 것도 없이 1초 안에 확신 갖고 판단을 끝내버리는 자동번역기가 있는 것 같다. 보수 또는 진보와 연결된 이분법적 사고, 진영논리 말이다. 너무 살벌하다. 한 단어나 문장이 나오면 그 즉시 보수 또는 진보와 연결 지어 무조건 지지하거나 혐오하는 사고다. 더 깊이 생각해 볼 필요도 없다는 식이다. 이러한 이분법적 경향은 SNS의 발달로 갈수록 커지고 있다. 페이스북은 자신과 관계있거나 성향이 비슷한 사람과 '친구'를 맺게 되므로 우호적인 반응과 '좋아요'가 쌓여가는 것을 보며 기존의 생각이 강화된다. 반면 포털사이트는 불특정 다수의 익명이 가능하므로 부정적이고 자극적인 말이 많다. 생전 만나지도 못한 사람에게도 익명을 무기로 엄청난 적대감을 쏟기도 한다.

그 결과로 만들어진 무자비하고 비인격적인 사회가 염려된다. 살다 보면 우리는 내 맘에 드는 사람과 그렇지 않은 사람, 인격적인 사람과 인간미라고는 전혀 찾아볼 수 없는 사람 등 다양한 사람을 만난다. 누구나 그 사람 자체에 대한 평가는 할 수 있겠지만, 인종, 국가, 지역, 성별 등을 싸잡아 평가하는 일은 삼가는 노력이 필요하다. 가장 무서운 집단적 증오에 빠지기 쉽기 때문이다. '유대인이라서, 빨갱이라서, 미제의 앞잡이라서, 베트콩이라서' 죽여도 된다는 것이다. 그리고 이제 우리에게 그것은 혹시 중국인은 아닐까?

퀴즈다. 〈다른 나라에 가서도 동화되지 않고 자기

들끼리만 모인다, 자기들만 최고인 줄 안다, 다른 나라에 침투하여 토착문화를 파괴하려고 한다, 더럽다.〉 이 글이 가리키는 대상이 누굴까? 밑도 끝도 없이 물었다면, 다수가 '딱 중국 사람들이네' 할 것 같다. 아니다. 히틀러가 쿠데타에 실패해 투옥 중 이를 갈며 쓴 『나의 투쟁』이라는 책에서 쓴 유대인에 대한 평가다.

우리는 스스로 중국인, 일본인과 다른 우수한 한국인이라 생각할지 모르나 서구인에게 우리는 중국인을 포함해 모두 눈 찢어진 동양인이다. 내가 누군가에게 함부로 대하면 반드시 똑같은 일을 내가 당한다. 인생을 살면서 가장 중요한 게 역지사지(易地思之)라는 생각을 많이 하게 된다. 한 번만 입장을 바꿔 생각해 보자. 그리고 내 생각(판단)이 틀릴 수 있다는 걸 인정하자. 특히 사람에 대한 평가를 정말 조심하자. 택배 하면서도 늘 느낀 것은 가난한 사람, 길거리 장사하는 사람, 타지인들은 정말 무시 받고 홀대당하기 딱 좋겠다는 것이다.

성경에도 비슷한 일이 많이 나온다. "너희는 어떻

게 저런 놈들과 함께 밥을 먹나? 예수도 혹시 한패(중국놈, 빨갱이, 유대인…) 아니냐?"(누가복음 5장 30절) 원래 흔하게 눈에 띄는 사람들일수록 부딪힐 일이 많고, 그래서 서로 더 무시하게 되는 것 같다. 그러나 누구도 처음부터 그렇게 되리라 생각하지 않았다. 곧 나도 언젠가 그런 대접을 받을 수 있다는 말이다. 그러니 더 조심하자. 잘난 사람들이 살벌하게 만든 세상을 우리 '을'들이라도 좀 더 이해하자.

인생 막장에서 시작한 택배

헤어나기 힘든 큰 위기를 만났을 때 '인생 막장'이라는 말을 쓴다. 막장은 탄광의 갱도 끝을 가리킨다. 광산의 수백 미터 땅굴 속을 파고 들어가 시커먼 탄가루를 캐야 하는 광부의 힘겨운 삶이 떠오른다. 언제든 무너질 수 있는 굴속에서 탁하고 답답하고 불안하고 힘겨운 나날을 보내야 하는 막장 생활은 상상만 해도 두렵다. 그러나 오죽하면 막장에 가겠나? 그러니 탄광에 가야 할 정도가 되었다면 인생의 갈 데까지 갔다는 뜻에서 쓰던 말이 '인생 막장'이다.

실제로 내가 청년 때만 해도 특별한 재주가 없는데 망하거나 목돈이 필요하면 탄광에 가거나 원양어선 타라는 말을 주변에서 어렵지 않게 들을 수 있었다.

환경적 요인과 채산성 악화 등으로 국내의 탄광 막장은 거의 없어졌다. 그러면 요즘의 인생 막장은 어디일까? 택배 기사가 아닐까 생각해 본다. 실제로도 적잖이 그랬다. 택배 하면서 만난 기사들치고 깊은 사연이 없는 사람이 거의 없었다. 이것저것 고심해 보고, 시도해 보다가 안 되면 결국 택배 하러 오는 경우가 많았다.

큰 사업을 하다가 부도나서 이빨이 다 빠지도록 고심하다가 20여 년 전 택배 기사로 들어온 A 형님, 60세 넘도록 어머니를 모시며 혼자 살던 B 형님, 가진 것도, 배운 것도 없이 몸뚱이 하나로 아들에게만은 가난을 물려주기 싫다며 아파서 팔목마다 붕대를 칭칭 동여매고도 매일 400개 넘게 배송하는 C 기사.

2017년부터 3년 동안 영등포의 어느 노숙인 쉼터 시설장을 한 적이 있다. 이곳은 교회 부설 쉼터였기 때문에 매주 한 번씩 예배를 드렸다. 나는 너무 종교 의식처럼 느껴지지 않도록 가능하면 모두에게 필요한 힘이 되는 이야기, 인생살이 교훈, 마음의 다스림, 격려와 축복이 설교에 들어가도록 신경을 썼다. 어느 날은 내가 먼저 간략히 내 삶을 회고하여 고백한 후 모두 가능한 대로 자기 살아온 이야기를 나눠보는 시간을 가졌다.

노숙인은 타고 났을까? 당연히 그럴 리 없다. 그리고 놀랐다. 50대 초반의 재주 많던 어떤 분은 대학 시절 총학생회장을 했었고, 이후에도 정치인 친구들과 사업도 하며 잘 지냈는데, 사업 실패로 모든 걸 잃은 후 알코올 중독이 되어 폐인처럼 지내다가 자활하려고 쉼터에 들어왔다고 한다. 쉼터 방장을 하셨던 60대 초반 형님은 고려대 경영학과를 나와 대기업에 다니다가 명퇴 당해 직장을 나왔고 재기에 실패해 가족에게 부담을 주지 않으려고 이혼하고 가출 후 노숙인이 되었다. 또 다른 형님은 인천에서 여러 개의 학원을 경영하던 학원장이었으나 무리한 투자로 일시에 망해 결국 노숙인이 되었다.

그중에 항상 점잖던 한 형님은 육사 교관을 지낸 예비역 대령이었다. 예편하면서 받은 퇴직금에 대출까지 더해 알고 지내던 지인과 방위산업 관련 납품 업체를 인수했다가 부도가 나 한순간에 알거지가 된 것이다. 늘 말도 없고 얼굴 보기도 힘들었던 그 형님은 자기 사연과 남은 가족을 말하면서 '주책맞게도' 굵은 눈물을 뚝뚝 흘렸다.

그렇다. 누구나 사연 없이 살아온 사람이 없었다. 특히 인생 60년 정도 살다 보면, 겉은 멀쩡해 보여도 여기저기 삶이 무너지지 않기란 정말 힘들다. 문제는 인생 막장의 엄연한 현실을 어떻게 극복할 수 있는가다. 두 가지가 참 중요해 보였다.

첫째는 '내가 왕년에 누구였는데' 하면서 지금 현실을 받아들이지 못하고 지난 세월이나 한탄하며 자존심을 내세우면 안 된다. 아까 말한 예비역 대령이 그랬다. 재기하겠다는 일념으로 악착같이 일하고 저축하는 건 좋은데, 어쩔 수 없어 함께 지내기는 하지만 나는 너희와는 다른 사람이라는 마음으로 노숙인 동료와 별로 어울리지도 않고, 혼자 외톨이가 되어 사니 주변 평판도 안 좋고, 다툼도 많았다.

둘째는 그와 정반대다. '이번 생은 망했다'는 식으로 되는 대로 사는 것이다. 물론 내가 관리하던 쉼터는 자활을 목적으로 운영되기에 제멋대로 내버려두

지 않고 생활과 저축, 취업 등을 관리해 주었다. 그럼에도 불구하고 간혹 알코올 중독에서 벗어나지 못하는 분이 있었다. 평소 일도 열심히 하고 인간관계도 좋았는데 가끔 술을 마시면 여러 날 폐인이 되어 직장도 나가지 않고 주변 사람을 힘들게 하고 싸우다가 결국 다시 쫓겨나는 것이다. 그런 분들을 보면 너무너무 안타깝다.

사실 나도 그랬다. 나름 인생을 열심히 살았지만, 나이 50이 넘어 도무지 헤어 나올 수 없는 인생의 막장을 만났다. 살길도 없었고, 살 의욕도 없었다. 목사인데도 기도나 성경 읽기도 힘들었다. 그때 친구였던 지금의 택배 대리점 점장이 전화를 걸어왔다. '지금 이것저것 생각하며 상념에 빠지면 더 헤어나기 힘들다. 이럴 때일수록 돈도 벌고, 단순하게 살아야 한다. 택배 해라. 정신없이 일하며 몸을 쓰다 보면 힘들어서 잡념도 없어지고 마음도 회복될 거다.' 그렇게 택배를 권했다.

그 말에 귀가 솔깃했다. 그러나 2015년에 목회를

하며 택배 일을 호되게 경험해본 터라 선뜻 용기가 나지 않았다. 마치 제대했던 군대에 다시 들어가는 심정 같았다. 그러나 하늘의 소리로 듣고 바로 다음 날 점장에게 전화해 정식 기사로 일하겠다고 했다. 2020년이다. 매일 새벽 5시 조금 넘어 일어나면 그때부터 오늘 하루만 견뎌낼 힘을 달라고 혼잣말로 중얼거리며 하루를 시작했다. 이런 중얼거림은 나의 간절한 기도였다. 일과 중에도 틈틈이 생각날 때마다 계속 혼자 기도를 했다.

역시나 일은 힘겨웠고 하루 일을 마치고 집에 돌아오면 파김치가 되어 길게 늘어졌다. 밤에 밀린 일과 휴식도 취하고, 졸면서 몇 마디 기도하다가 어느새 푹 쓰러져 자곤 했다. 그리고 또 다음 날…. 그런데 신기하게도 이렇게 아무 생각 없이 반년쯤 일을 해보니 친구 점장의 말처럼 진짜 숨이 쉬어지고 마음이 한결 단단해지고 삶의 의욕이 생겼다. 훨씬 자연스럽게 사람을 대하게 되고 일상도 여유로워졌다.

그때, 매일 새벽 눈을 뜨면서부터 밤에 잠들 때까지, 낮에 일하면서도 생각날 때마다 흥얼흥얼 부르던

찬양곡이 있었다. 〈내일 일은 난 몰라요〉라는 곡이었다. "내일 일은 난 몰라요. 하루하루 살아요.(내 마음의 기도: 내일 당할 어려움은 또 내일 생각하겠습니다. 그저 딱 오늘 하루 견뎌내고, 살아갈 힘만 주십시오.) 불행이나 요행함도 내 뜻대로 못해요.(불행을 당하거나 용케 어려움에서 벗어나는 것도 내가 원하는 대로 되지 않습니다.) 험한 이 길 가고 가도 끝은 없고 곤해요. … 아버지여 날 붙드사 평탄한 길 주옵소서.(그러나 하나님이 원하신다면 나를 붙들어 이제 평탄한 삶을 살게 도와주십시오.)"

그렇게 두 해 동안 아무 생각 없이 열심히 택배를 하고 나니, 정말 몸도 마음도 힘이 생겨났다. 그리고 내가 뜻밖에 중단해야 했던 목회를 다시 해야겠다는 의욕이 샘솟듯 생겨났다. 그래서 택배를 그만두고 예전보다 더욱 힘든 시절이지만, 목회를 다시 하려고 준비하고 있다.

그래서 가장 힘겨울 때 내게 택배를 권해준 친구 점장에게 한없이 고맙다. 그에 대한 보답으로 회사에서의 필요가 있어 요청이 오면 마다하지 않고 나가

구멍 난 곳을 메워준다.

혹시 지금 인생 막장을 경험하고 있는가? 그럴 때 그 위기를 어떻게 이겨내고, 다시 재기하는가? 내 경험을 들어 말한다면, 인생의 위기가 닥치고 의욕이 떨어지고 길이 안 보일 때 육체노동을 권한다. 우리는 살기 힘들어지면, '시골 가서 농사나 지어야지, 택배라도 하면 되지'라고 쉽게 말할지 모르지만 어려움이 닥쳐도 여간해서 농사짓고, 택배 하는 사람은 보기 힘들다.

'내가 왕년에 어떤 사람인데'는 아무 소용없는 얘기다. 지금의 어려운 현실을 받아들이고, 막장에 들어가 열심히 땀 흘리면 숨이 돌려지고, 다시 살아갈 의욕과 힘이 생기고 마침내 재기하게 될 것이다. 갑자기 수년 전 서로 함께 울고 웃었던 노숙인 쉼터 형님들이 하나하나 떠오른다. 조만간 연락해 오랜만에 회포나 풀어야겠다.

고객에게 '미안하다' 문자를 보냈다

2023년 7월 전국택배노동조합을 설립하여 초대위원장을 지낸 김태완 택배노조 수석부위원장이 급성 뇌출혈로 쓰러져 6일 만에 숨졌다. 물론 개인적으로 아는 분도 아니고, 이름도 처음 들었다. 다만, 코로나가 유행할 당시 기사들의 과로사가 잇따라 벌어질 때 택배노조가 택배사 전체 및 주요 택배 본사와 근무 조건과 관련한 협상을 벌이고 있다는 소식은 들었던 기억이 있다.

우리 대리점은 노조도 없었고 나와 우리 동료들 역시 노조원이 아니었다. 그런데 신기했다. 그들이 파업을 하고, 단식도 하고, 택배사들과 줄다리기를 할 때마다 조합원도 아닌 우리 처우도 조금씩 달라졌다.

명절 연휴 무렵부터 도우미 아르바이트생들이 투입되더니 작년부터는 아예 매일 상시 배치되어 우리 기사들을 돕고 있다. 우리가 함께 참여해 주지도 않았지만, 혜택은 함께 받았다. 그래서 고인의 소식을 들었을 때 더 미안했다.

코로나 당시 택배노조가 노동조건을 개선하기 위해 택배사들과 협상을 벌이다가 일부 파업을 했다. 당연히 고객들의 불편과 항의도 늘어났다. 여느 날처럼 배송을 하고 있는데, 주차해 놓은 어떤 택배차가 보였다. 무심코 화물함을 보니 '우리는 파업을 하지 않습니다'(파업하지 않는 ○○택배연대)라는 문구가 눈에 들어왔다. 고객의 항의는 이해할 수 있지만, 틈새시장을 위한 저런 연대는 아니다 싶었다.

2000년대 신자유주의 시대에 들어온 후 특수고용직 노동자들이 굉장히 많아졌다. 택배 기사들의 신분과 지위는 매우 애매하고, 불안정하다. ○○택배 이름이 붙은 옷을 입고 ○○택배 기사라는 호칭을 달고 있지만, ○○택배 본사는 우리와 직접적인 관계가 없다. 그래서 사고가 생기고 문제가 생겨도 본사는 책임이 없다. 또 우리를 개인사업자처럼 사장님, 소장님이라 부르지반, 우리는 실세로 개인사업 하는 사람들이 전혀 아니다. 고용사의 부담을 덜기 위해 이름만 빌린 것이다. 플랫폼 노동자들은 다 그렇다.

어쩌면 우리 택배 기사들보다 위험하고 열악한 이들이 음식(라이더), 마트 배달원일 것이다. 이들의 애매한 신분과 지위는 다른 플랫폼 노동자들과 비슷하다. 그런데 가장 흔한 라이더들의 문제는 역시 안전이다. 배달은 시간을 다투는 일이라 오토바이의 위험한 질주도 흔히 본다. 사실 우리 같은 택배 기사들은 도로에서 돌발변수가 많은 배달 라이더들이 주변에 있으면 신경 쓰인다. 그러나 그들의 사정을 잘 알기에 나는 미리 알아서 틈을 내주려고 노력한다. 더구나 한겨울에는 시린 추위로, 한여름에는 보기만 해도 숨이 턱턱 막히는 중무장한 방호복으로 이만저만한 시련이 아닐 것이다.

대리운전 역시 고충이 있다. 활동 시간이 퇴근 후 식사, 음주 이후로 몰려 있고 자정 이후에는 콜이 거의 없는 데다가 귀가를 위해 일할 시간이 짧아 수입도 들쭉날쭉하다. 물론 고객들의 입장에서는 기사가 대리 요청(콜)을 선택해서 받기에 때로 오래 기다려야 한다는 불만이 있다. 당연하다. 굳이 변명하자면 라이더나 대리운전은 시간이 생명이기에 지역을 부득불 선별하게 되고, 대리운전은 돌아갈 콜이 잡히지 않으면 아까운 시간을 하염없이 허비하는 경우도 생겨 그런 것이다.

코로나가 한창이던 2020년 무렵, 나와 친한 동료들은 아침 11시 무렵 물품 정리를 마치고 요기를 위해 회사 3층 식당에서 자주 식사를 했다. 가면 항상 TV가 켜져 있고 뉴스가 흘러나왔다. 대선을 반년 정도 남긴 시점이라 대부분은 정치 관련 뉴스였다. 그러나 그 내용은 각 후보와 정당의 정책과 정치 현안이 아니라, 각 후보들의 억지 신변털기와 가십들, 일거수일투족 동향에 대한 것들이 대부분이었다. 우리는 기계적으로 입안에 밥알을 털어 넣으면서도 도대체 저들이 우리 같은 사람이 살아가는 일에 어떤 관심이나 있을까 하는 생각이 저절로 들었다. 정치가 국민을 위해 있는 것인데, TV 보도를 보고 있으면 국민이 정치인을 위해 존재하는 것 같은 허탈함을 느끼게 된다. 저들의 허접한 일거수일투족에 할애하는 관심의 20%만이라도 국민의 애환에 눈길을 돌린다면 훨씬 좋은 사회가 될 것이다. 그들의 모든 동향에 대한 지나친 관심은 정작 중요한 국민 현안들에 대한 무관심으로 돌아올 것이다.

그런 면에서 비례대표 의원들의 역할은 더욱 중요하다. 국민 눈높이와 사회 현안들에 둔감한 타고난 정치꾼의 한계를 보완하기 위해 소외된 직업 및 서민 영역을 대표할 전문인들이 자기 분야를 대변하기 때문이다. 얼마 전 자기 당 국민의힘의 당론과는 다르게 간호법 제정안에 찬성 투표한 간호사 출신 최연숙 의원이나 장애인 인권 문제를 설득력 있게 제안한 시각장애인 김예지 의원 등이 대표적이다. 각 분야와 영역은 저마다의 이해관계가 있지만, 정치는 그 얽히고설킨 부분을 잘 파악하여 조정하라고 있는 것이다.

내가 처음 택배를 시작할 때만 해도 고객에게 '확실하게 직접' 전달하는 것을 선호했지만, 코로나 기간을 거치면서 이제는 비대면 배송이 기본이 되었다. 그러다 보니 가정 고객은 거의 만날 기회가 없지만, 자영업 사장님과 직원들은 자연스럽게 만나게 된다. 그들이 얼마나 어려운 여건에서 장사하고, 사업하는지를 조금은 더 느끼게 된다. 물론 일이 바빠 대부분 서로 인사도 주고받지 못하지만, 이심전심 격려와 응원의 마음을 나누곤 한다.

반면 서로 입장이 달라 잠깐 언성을 높이는 경우도 있다. 가리봉동 배송 당시 어느 주점에 가니 문이 닫혀 있었다. 물론 그런 일은 흔하다. 문제는 배송지가 길가 1층일 때이다. 분실 위험이 있어 신경이 쓰인다. 그럴 때는 어딘가 둘 곳을 찾거나 이웃에게 맡기기도 한다. 그런데 그날따라 주변도 다 문이 닫혀 고객에게 전화해 봐도 받지 않았다. 큰길가에 차를 세워놓고 너무 오래 있을 수 없어 가게 앞 광고 선전물 뒤편에 잘 숨겨놓고 고객에게 간단한 메모를 적어 문자를 보냈다. 30분쯤 지났을까, 전화벨 소리를 듣고 확인하니 그 가게 주인이다. 물건을 거기 두었다가 없어지면 어떻게 하냐며 그럴 때는 다음 날 배송하면 되지 않으냐며 화를 내는 거다.

보통은 이런 경우가 없다. 자초지종을 말하고 그런 곳은 안전하다고 해도 무책임하다는 식으로 자꾸 말하기에 나도 화를 냈다. 그런 경우 전화를 끊고 나면 밥 먹은 게 얹힌 듯 내내 불편하다. 잠시 후 미안하다, 다음부터는 그렇게 하겠다는 간단한 문자를 보내니 자기도 새벽까지 장사하고 잠이 들어 전화를 못 받았고 이전에 물건을 잃어버린 적이 있어 신경이 날카로웠노라며 미안해한다. 서로의 가려진 부분을 보지 못할 때 자주 발생할 수 있는 다툼이다.

당연히 고마운 분들을 더 자주 만난다. 역시 코로나 시기 택배 기사들의 사정이 뉴스에 많이 등장하자 고객들의 분위기가 달라져가는 것을 제법 느낄 수 있었다. 장마철에 비를 철철 맞으며 어느 집에 배송했더니 중국 교포인 듯한 고객은 미안해서 어쩔 줄 모르며 한사코 우산을 주려고 한다. 고맙지만 우산 쓰고는 배송하기 어렵다고 사양했더니 수건을 쓰라고 준다. 어느 허름한 여인숙 주인은 자기 집 배송 때가 아니어도 내가 끄는 택배 수레 소리를 듣고 종종 찾아나와 음료수를 건넨다. 구로동의 어느 원룸을 가면 집 앞에 예쁜 글씨로 감사하다며 원하는 대로 가져가시라고 적은 쪽지와 함께 빵과 음료수가 잔뜩 든 간식 박스가 있다. 제법 큰 어느 중국요리집 로비에는 음료 세트가 마련되어 있는데 주인은 내게 배송이 있든 없든 마음껏 드시라고 권한다.

우리 모두가 사람인지라 자신의 필요와 관심을 우선하며 살게 되는 것이 당연하다. 그러나 살면서 만나는 다양한 이웃들의 입장과 사정을 알고 이해하려는 노력이 그래도 이 사회를 살 만하게 만드는 것은 아닐까?

"삼가 이 작은 자 중의 하나도 업신여기지 말라.
너희에게 말하노니 그들의 천사들이 하늘에서 하늘에 계신
내 아버지의 얼굴을 항상 뵈옵느니라."

마태복음 18장 10절

에필로그

나는 왜 택배 기사가 되었나

이제 글을 마무리하려고 한다. 〈오마이뉴스〉에서 처음 연재를 청해 왔을 때 여러 활동을 해온 목사가 택배 일을 하는 게 의미도 있고, 나눌 이야기가 많을 테니 그런 이야기를 써달라고 했다. 그래서 연재 제목이 '목사가 쓰는 택배 이야기'였다.

사실 이 연재 이전에도 그런 주제로 글이나 강의, 인터뷰해 달라는 요청이 많아 생소할 건 없고, 할 말도 많았다. 처음에는 기독교와 목사들 사이에서의 관심이 대부분이었는데, 갈수록 기독교 밖에서의 관심도 늘어갔다. 그러나 사실 그게 좋은 현상만은 아닌 것 같아 찜찜한 마음도 있었다. 목사가 무슨 특별한 사람이라서 현장 일을 하면 특이하거나 대견해 보이는 현상 말이다.

그러나 목사(종교인)가 교회 울타리를 벗어나 이웃과 사회에서 '평범한' 무엇인가를 함께하면 이상해 보이는 것도 엄연한 현실이다. 마치 땀 흘리지 않고 무임승차로 먹고사는 불한당(不汗黨)처럼 말이다. 본래 종교인의 존재가 단지 자신만의 구원(해탈)이 아니라 세상의 구제로 향해야 함에도 지나치게 특별해지면 높은 성을 쌓고 홀로 자족하는 것이 되기 쉽다. 실제로 어떤 독자는 내 첫 번째 연재글에 이런 댓글을 남겨주었다.

"종교인이 직업을 갖는 것은 당연한 일입니다. 무종교인들 눈에는 스님이니 목사니 하는 사람들 그냥 놀고먹는 사람으로 보이거든요 .... 성경에도 일하지 않는 자 먹지도 말라고 하였습니다..... 목사도 너무 많고 중도 너무 많습니다... 그들은 우리 눈에는 멀쩡하게 생겨서 그냥 한량처럼 사는 사람처럼 보입니다 .. 무위도식하는 사람처럼 보일 뿐입니다.... 그들은 하느님 일 , 부처님 일 하는 것이라고 항변하지만 와닿지 않아요........ 한가하니까 흑심이 생기는 겁니다. 그래서 감옥 가고 욕 먹고 .... 하느님이나 부처님의 가르침은 그것이 아닐진대..."

그 댓글을 보고 마치 숨겨온 비밀을 들킨 듯, 얼마나 부끄러운지 이 연재를 계속해야 하는 건지 잠시 흔들리기도 했다. 그리고 얼마 전 내가 잘 아는 한 교인도 비슷한 메일을 보내왔다. "하나님의 말씀을 들고 강단에 서는 목회자분들이 아이러니하게도 가장 성도들의 삶을 모르는 것 같습니다. 많은 목사님이 교회 안에서 온실 같은 삶을 살면서 존경만 받고 칭찬만 받고 대접만 받는 삶을 사시다 보니 정작 하나님의 일을 한다면서 성도를 이해하지도 못하고 또 하나님의 마음도 이해하지 못할 때를 많이 봅니다. 그래서 목회자분들이 스스로 노동해서 일을 해보고 돈을 벌어보고 가정을 책임지는 일을 경험했으면 좋겠다는 생각을 할 때가 많습니다."

다행히 목사 사회에도 벌써 변화의 바람은 불고 있다. 우선 더는 교회 헌금만으로 생활을 유지하기 어려운 목사들이 평일에 다른 일을 맡는 일은 이미 적지 않다. 나의 택배 경험을 듣기 원했던 처음 요청도

'겸직목회' 또는 '이중직 목회'라는 이름으로 목회 외에 다른 생업을 갖는 목회자로서의 사례로 소개하려는 것이었다[그때 발제들을 묶은 『겸직목회』(솔로몬, 2022년)라는 책도 발간되었다].

그러나 사실 원래부터 특권의 높은 성을 쌓고 누리는 목회자는 의외로 많지 않다. 한국 교회 대부분은 미자립 교회이고, 목사는 근로자 평균 임금에 턱없이 못 미치게 받으며, 흙 속에서 산다. 가까운 내 지인 목사도 교회를 접으려는 마음을 오래전부터 하고 있지만, 교인들보다 먼저 떠날 수는 없다며 겨우겨우 이겨낸다. 작은 교회 목사들은 어쩌면 '사장님' 소리는 듣고 있지만 버텨내기 힘든 한국 사회의 대다수 영세 자영업자와 비슷한 면이 참 많다.

그러나 꼭 경제적 어려움이 아니어도 목사가 있어야 할 자리가 이웃과 함께하는 생활 현장이 아닐까 하는 마음으로 일을 하는 목사들도 적지 않다. 나 역시 교인의 헌금만 받아 생활할 때는 그들의 생업 현장을 그다지 이해하지 못했지만, 택배 일을 시작하고 나서 새롭게 느끼고, 배우는 게 참 많았다. 예전에는 강의 한 번 하고 20~30만 원 받고서 기분 좋게 한턱 쏘는 일도 있있지만, 택배 하면서는 단돈 500원, 1,000원의 차이로도 물건을 들었다가 내려놓기도 한다. 꼭 돈이 없어서가 아니라 값어치가 예전과 다르게 느껴져서다. 대리운전 하면서는 목적지에 도달해서 고객이 수고했다며 거스름돈 몇천 원을 받지 않으면 그렇게 고맙고, 크게 느껴질 수 없다. 힘들게 번 돈이라 더 신중해지고, 힘들게 헌금 내는 교인들의 마음도 더 소중하게 느껴진다.

어쩌면 이게 내가 연재 글을 쓰게 된 가장 큰 동기인지 모르겠다. 주변에 힘겹게 일하는 이웃들의 이야기를 들으며, 우리 목회자들이 세상을 좀 더 이해하고 겸손해지기를 바랐다. 그건 목사 일이 쉽다거나 한가하다는 말이 아니다. 다만, 목사가 자칫 현실에서 멀리 벗어나 머리나 이상 속에만 존재하는 그럴듯한 명분이나 가치를 전부로 알기 쉽다는 것을 경계하려는 것일 뿐이다.

사실 나를 포함한 종교인은 자신들의 이야기가 그럴듯한 명분과 가치로 가득 차 있는데도 불구하고 왜 사람들에게 외면받고 사회에서 배척당하는지 진심으로 잘 모른다. 그럴 때 더럽고, 치사해도 돈 몇 푼 때문에 꾹 참고 돌아서는 막장 현실을 경험해 보면 다른 사람을 함부로 판단했을지 모를 자신도 한 번 더 돌아보게 될지 모른다.

연재하는 도중 의외로 많은 분이 글을 읽었노라며 아는 척을 해주었다. 동료 기사들에게 인사받을 때는, 그리 경력이 길지 않은 내가 이런 글을 썼다는 게 우선 쑥스러웠다. 그래도 일반인이 잘 알지 못하는 택배 기사의 현실을 대신 이야기해준 것을 고마워하기도 한다.

종교와 목사가 진짜 있어야 할 자리를 새롭게 느끼게 되었다는 동료 목사의 말을 들을 때 큰 보람을 느낀다. 목사는 그리 특별한 사람이 아니다. 목사 아닌 사람이 할 수 있는 건 목사도 할 수 있다. 목사 아닌 사람이 할 수 없는 건 목사도 할 수 없다. 다만 더 잘하는 역할과 전공이 조금씩 다를 뿐이다.

반면, 목사가 현실 감각을 가져야 할 것은 분명하지만, 그것만이 전부는 아니다. 목사가 세상 물정 몰라 답답한 이야기만 늘어놓아서도 안 되지만, 지나치게 정치, 경제, 상식에만 의존해 약삭빠르게 살아간다면 세상은 굳이 종교와 종교인에게서 들을 이야기가 없다. 우리의 당장 현실과 눈앞 상황은 치열하지만, 그걸 잘 대처하는 것과는 다른, 의미와 가치의 세계가 있기 때문이다.

내가 좀 더 젊을 때는 종교(인)가 옳고 그름을 곧바로 가려내고 지켜내는 판단만이 중요한 것처럼 믿고 살았다. 그것은 여전히 중요하다. 그러나 갈수록 모두가 이해타산적이고 자기 잇속만 차리는데도 마치 세상 물정 모르는 사람처럼 다른 사람에게 틈을 내주고, 숨통도 틔워주는 역할이 참 중요한 일 같다. 진짜 세상 물정을 몰라서라기보다 오히려 너무 자본주의적인 현실에 대한 저항으로 조금 손해 보고, 모자란 듯한 모습으로 사는 거다.

나는 사회에서 교회를, 목사를 어떤 시선으로 보고 있는지 잘 알고 있으며, 늘 의식하고 있다. 그럴듯한 말은 잘 하면서도 진짜 어렵고 고통받는 사람들의 자리에서는 비켜서 있는 것 같은 우리 목사의 모습에 사람들은 실망을 넘어, 이제는 분노를 쏟아낸다. 내가 대표할 수는 없으나 목사의 한 사람으로 그걸 사죄하고 싶다.

3대 직업병이 있는 것 같다. 입만 열면 국민을 말하나 국민에게 관심 없는 정치인, 입만 열면 법치를 외치나 자신은 무법자처럼 사는 법조인, 그리고 늘 하나님을 달고 사나 실제로 하나님과 거리가 먼 목사다. 그러나 이 세 직업군은 어디서나 목소리가 커서, 주목을 받는다. 그래서 특권 의식에 물들기 쉬운 사람들은 가끔은 생활 현장으로 나가서 아니꼬운 말도 들으며 힘들게 돈도 벌어보고, 서민이 살아가는 현장에서 함께 지내는 경험도 가져보기를 권한다.

사실 택배 일이라는 게 비슷한 업무의 반복이라 2023년 6월 14일 처음 연재를 시작할 때만 해도 열 번이나 쓸 수 있을까 싶었다. 그러나 쓰다 보니 이것저것 나누고 싶은 이야기가 늘어나 결국 2024년 1월 3일까지 모두 서른 개의 글을 쓸 수 있었다. 대수롭지 않은 글에 의외로 뜨거운 반응을 보여주어 놀랍고, 감사하다. 연재했던 〈오마이뉴스〉에서도 '올해의 뉴스게릴라'로 선정되어 더욱 감개무량하다. 그리고 그 글을 엮어 이제 책까지 내게 되었으니 뜻밖의 감사가 이어진다.

이 책이 그저 내 개인의 생각이나 의견을 쓴 것이 아닌 사람이 함께 살아가는 세상에서 얼마든지 일어날 수 있는 문제, 과제들을 함께 고민해나가는 기회가 되면 좋겠다. 민족과 인종, 계급과 이념에 이어 이제 지역과 세대, 성(性)으로까지 갈가리 나눠지고, 적대적인 우리 사회에서 이념과 현상 이전에 사람을 먼저 볼 수 있는 계기가 된다면 나에게는 더할 수 없는 기쁨이겠다.

"눈 내린 들판을 걸어갈 제,
발걸음을 함부로 어지러이 걷지 마라.
오늘 내가 걸어간 발자국은 마침내 뒷사람의 이정표가 되리니."

임연(臨淵) 이양연(李亮淵, 1771~1853)의 시